私たちの恋は
——永遠。

#22 BYE-BYE

小学校最後の行事。
がんばろうね……！

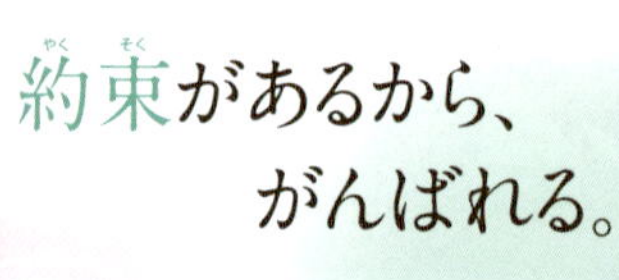

約束があるから、
がんばれる。

「約束した
“次のキス”
……いつにする？」

いよいよ――
合唱コンクール本番！

高尾とのこと、
お兄ちゃんに
認めてもらいたい……。

「本気の恋愛に、
オトナも子どもも
関係ないだろ」

ありがとう。
お兄ちゃん……
大好き！

スペシャルなクリスマスです♪

「……来年も、
再来年も、
一緒だから……」

12歳。

アニメノベライズ
～ちっちゃなムネのトキメキ～⑧

綾野はるる／著
まいた菜穂／原作

★小学館ジュニア文庫★

高尾優斗

Takao Yuuto

優しくて、しっかり者。
頭もよくて、たよれる
クールな男の子。

綾瀬花日

Ayase Hanabi

元気で明るい女の子。
まっすぐな性格だけど、
ちょっと子どもっぽい。

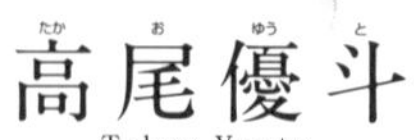

蒼井結衣
Aoi Yui
大人っぽい美人さん。
おちついてみえるけど、
おくびょうなところも。
桧山一翔
Hiyama Kazuma
やんちゃでいじっぱり。
結衣とは、なぜかすぐ
ケンカしてしまう。
小倉まりん
Ogura Marin
花日と結衣の友だち。
モテるお姉ちゃんから
教わった恋愛情報を
いっぱい持っている。
堤 歩
Tsutsumi Ayumu
東京からの転校生。
花日とは幼なじみ。
オレ様な性格で、
ダンスが得意。

CONTENTS
コンテンツ

バイバイ
……13……

エイエン
……85……

ダイスキ
……147……

私――綾瀬花日、12歳。

いよいよ今年もおわりが近づいてきた。

十二月にはクリスマスがあって……でもその前に、私たちの小学校では、大きな行事がある。

クラス担任の先生が、黒板に白いチョークで大きな文字を書いた。

――合唱コンクール。

「本番に向けて、みんなで力を合わせて練習していきますよ！」

先生の声が、教室にひびく。

「これがおわったら、あとはもう大きな行事って、三学期の卒業式だけになっちゃうんだね……」

となりにいた、いちばんの親友の蒼井結衣ちゃんが、私にこそっと言った。

そうだった。合唱コンクールは私たち六年生にとって、クラスみんなで取り組む、ほぼ最後の行事だったりもするんだ……。そう思うと、これからの練習をがんばらないとって、気持ちがひきしまってくる。

私はちらっと、彼氏の高尾優斗の横顔を見あげた。

視線に気がついたのか、高尾は私のほうを見てにこっと笑う。

――がんばろうね。

口をぱくぱくさせて、高尾が声は出さずにそう伝えてきた。

同じ気持ちでいてくれたのがうれしくて、私は何度もうなずいてしまった。

そのとき、クラスメイトのゆうなちゃんが、涙目でつぶやいた。

「なんか私、さみしくなってきた！　かのん！　あんず〜！」

名前を呼ばれたかのんちゃんと、あんずちゃんも、うるっと半泣きでゆうなちゃんにしがみついた。

「ゆうな〜!!」

なかよし三人組が、おたがいを抱きしめあって泣いていると、すぐそばの席にいたエイコーとトモヤが、あきれたような声でヤジをとばしてきた。

「女子、大げさなんだよー！」

「どうせ、中学もみんな一緒だろ！」

エイコーやトモヤだけでなく、クラスの他の男子もクスクス笑っている。

「それは、そうなんだけどー……」

ゆうなちゃんたちは唇をとがらせて、でもちょっと頬を赤らめた。

うん、ゆうなちゃんたちの気持ちは、すごくよくわかる。

大げさだって笑われたとしても、みんなで力を合わせる最後のイベントだもんね。


クラスがひとつになれるように。

みんなの思い出に残るように。

私、綾瀬花日も、全力でがんばりたいです！

第22話

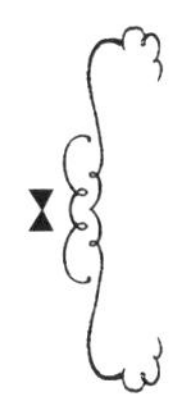

バイバイ

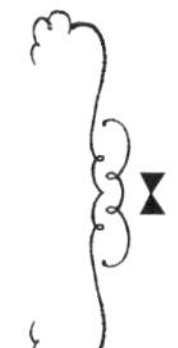

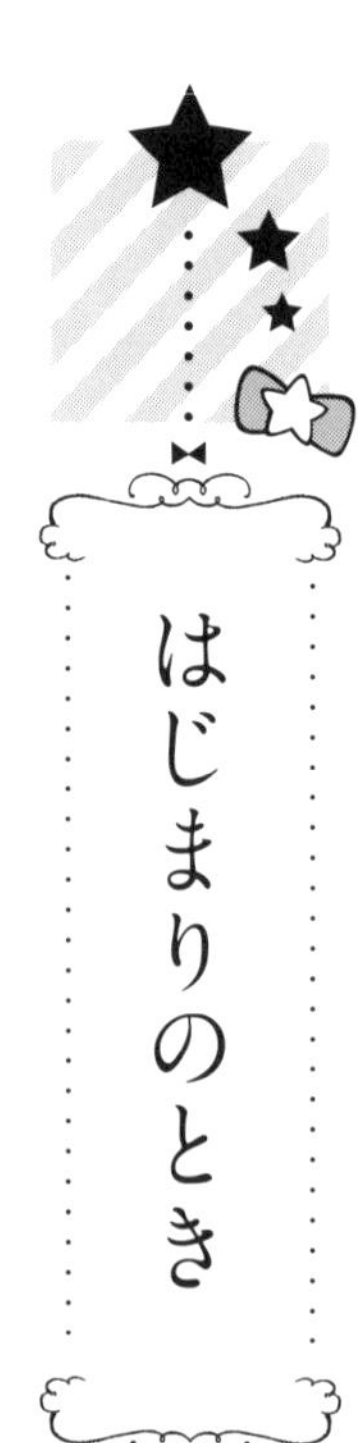

はじまりのとき

私、綾瀬花日のいる六年二組では、話しあいのまっさいちゅうだった。

担任の先生は、チョークで黒板に「指揮者」「ピアノ」と書くと、くるっと私たちのほうを振り返った。

「それじゃあ、まず指揮者を決めましょう。指揮者は合唱のリーダーですから――」

先生の言葉の途中で、エイコーがニヤニヤしながら自分を指さした。

「オレか！　オレなのか～!?」

「っていうか、オレじゃね？」

トモヤもその気で前のめりになった。そのとなりではメガネの委員長が、声は出していないけど、まんざらでもない表情で先生の口もとを見ている。

「みんなを団結させることができる人が……」

うんうん、とエイコーたちお調子者トリオがうなずく横で、浜名心愛ちゃんが「はいはーい！」と片手をあげて、いきおいよく起立した。

「高尾くんがいいと思いまーす！」

「えっ、たきゃお⁉」

心愛ちゃんの言葉に、エイコーとトモヤがほぼ同時にさけんだ。委員長も「なぜ⁉」というボードを出していて、かなりショックを受けているみたいだ。

そんな三人にはいっさいかまわず、うふっとほほえんだ心愛ちゃんは、高尾の顔を見つめながら説明をはじめた。

「高尾くんは、冷静だし〜、オトナだし〜、音楽のセンス抜群だし〜」

さすが心愛ちゃん。高尾のことをよくわかってる！

私は思わず、うんうんと何度も大きくうなずいてしまった。

心愛ちゃんは、私が彼女だって知ってても、それでも高尾のことが大好きっていう女の子だ。クラスでいちばんかわいくて、いつも堂々としているから、その発言は男子にも女子にも支持されることが多い。

心愛ちゃんはもう一度、高尾に笑いかけてから、先生に向き直った。

「それに、高尾くんは、とってもカッコいいので、指揮者にぴったりでぇす！」

きっぱり言いきった心愛ちゃんに、先生は苦笑した。

「か、カッコいいは、あんまり関係ないと思うけど……確かに、高尾くんならみんなの信頼も厚いわね。……高尾くん、どう？」

先生が心愛ちゃんの意見を受け入れたので、クラスの女子がざわめいた。

「きゃあ！　高尾くんの指揮者姿、見たーい！」

「カッコいいだろうなぁ」

うんうんうん。私はまたしてもみんなの声にうなずいてしまう。

高尾は男子からも頼られているし、女子のファンも多いから、引き受けてくれたらきっと、みんなの気持ちが盛りあがると思うんだよね。

私たちの期待をこめたまなざしに、高尾はとまどいながらうなずいた。

「みんなが……いいって言うなら……」

やったー！　と歓声があがる教室の中で、自分たちこそやる気まんまんだったお調子者男子三人組だけが、ちょっと不満そうだ。

するとそのとき、エイコーたちを横目で眺めながら、堤歩くんが声をあげた。

「さっさと決まるならそれでいいよ。異議なーし！」

片手を軽くあげて、だるそうにひらひらと振っている。

堤くんは、オレ様タイプで妙に迫力があるから、こっそり「帝王」なんて呼ばれている男の子。その堤くんが声をあげたので、エイコーとトモヤはすっかりひるんでしまった。

「くっ！　帝王も高尾派か！」

「……仕方ない、リア充には勝てねぇよ」

くやしそうに唇をかんだふたりの背後で、委員長が涙を流しながら「完敗」のボードを出している。

「では、高尾くん、お願いします！」

そう言いながら先生が、黒板の指揮者のところに「高尾優斗」と名前を書いた。

「決まっちゃった」

つぶやいた高尾に、私はにぎりこぶしを作ってみせた。

「がんばって！」

うん、と笑ってうなずいた高尾は、先生に呼ばれて席から立ちあがると、黒板の前へ歩いていった。

大丈夫、なんたって高尾だもん。きっとみんなをうまくまとめちゃうよね。

「それでは、ピアノ伴奏者は――」

そう言いかけた先生の言葉にかぶせるように、

「はぁい！」

すかさず声があがる。振り返ったら、声の主はなんと心愛ちゃんだった。

心愛ちゃんは軽やかに席を立って、高尾のそばまで駆けていく。それから、高尾の腕に両腕で抱きついて、まるで恋人同士みたいにピトッと体をくっつけた。

――え⁉

いきなりの接近に、見ていた私がびっくりしてしまう。

「ピアノは、心愛がやるわ。高尾くんと一緒に、クラスを団結させまぁす！」

「ちょ、ちょっと……」

私が思わず声をかけたら、それまでニッコリ笑っていた心愛ちゃんが、ちょっと眉をひそめた。

「なぁに？　花日ちゃん、反対なの？」

「いや、反対ってわけじゃ……」

心愛ちゃんがピアノを習ってることは、私も知っている。だから伴奏立候補に反対する理由なんてないんだけど……。

私が、自分の中のよくわからないモヤモヤに混乱していると、友だちの小倉まりんちゃんが、助け船を出してくれた。

「でも、ピアノだったら、結衣ちゃんだって上手でしょ？」

そう言いながら、まりんちゃんが蒼井結衣ちゃんに目くばせした。

すると結衣ちゃんは、ハッとなにかに気がついたような顔をして、ガタッと席から立ちあがった。

「あ。う、うん！　じゃあ、私も立候補……」

そう言いかけた結衣ちゃんを、心愛ちゃんが冷たい瞳でにらんだ。

「結衣ちゃん、そんなに目立ちたいの？」

「え⁉」

うらめしそうな表情で、心愛ちゃんは結衣ちゃんに追い打ちをかける。

「ひどい……。シンデレラで主役をやっただけじゃ満足できずに、合唱コンクールでも、おいしいところを持ってくわけ⁉」

「え、いや、そんな」

このあいだの学芸会で、結衣ちゃんは主役のシンデレラに選ばれて、劇は大成功だった。

シンデレラは心愛ちゃんもねらっていた役だったから、その言葉に結衣ちゃんはドキッとしたみたいだ。

心愛ちゃんは、結衣ちゃんにつかつかと近づいていくと、耳もとでささやいた。

「あんまり欲しがり女子だと、桧山に嫌われるわよ？」

「そ、そんなぁ……」

彼氏の桧山一翔の名前を出されて、結衣ちゃんがガクリと床に膝をついた。

結衣ちゃんが立候補をあきらめたのを確認して、心愛ちゃんはふたたび高尾のもとへ駆け戻った。


「――と、いうわけで」

心愛ちゃんは満面の笑みで、黒板に自分の名前を書いた。

黒板に、高尾と心愛ちゃんの名前が並ぶ。

「花日……。力が足りず、ゴメン」

まりんちゃんと結衣ちゃんにあやまられてしまったけど、私は首を横に振った。

だって、合唱コンクールを成功させるためだもん。

私のモヤモヤは、こっそり心のすみっこにどけておかなくちゃ。


指揮者とピアノが決まって、そのままつづけて、合唱の練習時間に突入した。

みんなの前にコンクール課題曲の楽譜が配られて、急に教室がさわがしくなった。

「はい。それでは始めましょうか。最初はそれぞれ、ソプラノ、アルトのパートにわかれて練習してもらいます」

先生がパンパン、と手を打って、みんなの注目を集めた。

「合唱コンクールは保護者の方も見に来られますよ。みんな、ばっちり自分の声にあったパートに入ってくださいね。いまからパートわけをします」

少し前の音楽の時間に全員、簡単な歌のテストをしているから、それをもとに先生がみんなのパートを決めてくれることになった。

「パートがちがうと、練習も別になっちゃうわね」

まりんちゃんに言われて、私と結衣ちゃんは顔を見あわせた。

そう。仕上げのときは全員であわせていくけど、その前までは他のパートの音につられないように、ソプラノとアルトはおたがいの音が聞こえない場所で練習するのだ。

「うん……さみしいね」

結衣ちゃんが不安そうな声で言う。それを吹き飛ばすように、私は結衣ちゃんの背中をぽんぽんとたたいた。

「大丈夫！　ぜったい、一緒のパートになれるよ！」

――と、思ったのに。

先生に告げられた、パートわけの結果は……。

「ええっ？　私だけソプラノ⁉」

まりんちゃんと結衣ちゃんがアルト。でも私はソプラノで、ふたりとはなれてしまった。

「そうみたいだね。花日は声が高めだから……」

残念そうに、結衣ちゃんが言う。

さっき不安そうだった結衣ちゃんが、まりんちゃんと一緒のパートになったのはよかったけど、でも、でも……。

「私ひとりだけ、ちがうパートなんて……」

練習の間ずっとべつべつだなんて、かなりショックだし、さみしいよ……。

「さみしい――‼」

私の心の声がもれたのかと思って、ハッと後ろを振り向くと、そこに涙目のゆうなちゃんが立っていた。どうやら今の声は、ゆうなちゃんだったみたいだ。

「ゆうなちゃん、どうしたの⁉」

すると、半泣きのゆうなちゃんのかわりに、かのんちゃんが説明してくれた。

「うちは、ゆうなだけアルトになっちゃったの」

私たちとは逆のパターンだった。……ということは、ゆうなちゃんたち三人組の中では、かのんちゃんとあんずちゃんが、私と同じソプラノパートということになる。

「まりん、結衣ちゃん、ゆうなのこと、よろしくね！」

あんずちゃんがそう言うと、まりんちゃんが笑って片目をつぶってみせた。

「もちろん！　あんずとかのんも、花日を頼んだ！」

おっけー！　とまりんちゃんに笑い返したあと、ゆうなちゃんたちは、じっとおたがいを見つめた。

「こんなことで、うちらの六年間の友情は壊れない！」

「うん！」

それからひしっと抱きしめあって、「大丈夫！」と何度も声をかけている。

「本当に、なかよしだね」

私が言うと、結衣ちゃんがうなずく。

「三人は、一年生のころからずーっと同じクラスの親友だもん」

まりんちゃんがそっと教えてくれた。

ああ、そうか。だから「六年間の友情」って言ったんだ。

「ずっとなかよしなの、いいね」

私も結衣ちゃんやまりんちゃんと、中学生になってもずっと、なかよしでいたいな……。

友情を確認し合ったゆうなちゃんたちは、私たちの見守る前で、テンション高めに話しこんでいる。

「かのん、あんず。いつもみたいに一緒に帰ろうね！」

ゆうなちゃんがそう言うと、

「あたりまえでしょ！」

「約束だもん！」

かのんちゃんとあんずちゃんも、目をキラキラさせてうなずいている。

「帰るときも、いつも三人一緒！」

声をそろえた三人は、クスクスと笑った。

「約束、かぁ……」

私たちには、いろんな約束がある。

ゆうなちゃんたちには、親友同士の約束。

結衣ちゃんと桧山にも、きっとカレカノの約束があるよね。

そして私も、高尾との約束がある。

ずっと好きでいる、っていう約束。それから……次のキスの約束。

そこまで考えて、ちょっと恥ずかしくなってしまった私は、頭をぶんぶん振ってから、そっと顔をあげた。

「……あれ？」

今、おしゃべりしてるゆうなちゃんの上着のポケットから、何かがコロンと下に落ちたような……？

私は思わず駆け寄って、ゆうなちゃんが落としたものを拾いあげた。

それは、うさぽんだの形をしたボイスメモだった。本体に録音したメッセージを、ボタンひとつで再生できる、かわいいスグレモノだ。前に使わせてもらったことがあるから、私にも見おぼえがある。

「ゆうなちゃん、これ、落としたよ」

「いけない！　ありがとう！」

背中ごしにうさぱんだを手渡すと、ゆうなちゃんはあわててそれを受け取った。

「ちょっと、ゆうな、落とさないでよー」

かのんちゃんが怒ったフリで、ゆうなちゃんの肩をつつく。そして自分のポケットから、まったく同じうさぱんだのボイスメモを取り出した。

隣のあんずちゃんも「そうだよー」と笑いながら、上着のポケットからボイスメモを取り出して言った。

「これは、うちら三人の友情の証なんだから！」

おお……、うさぱんだのボイスメモが、三つ！

「すごい。おそろいなんだ！」

なかよしでおそろいって、かわいいな。

「うん！」

私の言葉に、三人はうれしそうにうなずくと、「またあとでね」と手を振って行ってしまった。そんな、なかよし同士の背中を見送っていたら、

「最後のイベントか……。カレカノもだけど、女子の友情もクライマックスね」

まりんちゃんが、しみじみと言った。

「そうだね」

十二月が過ぎて、年が明けて春になったら、私たちの六年二組は解散なんだ。みんな中学生になって、そうしたら、生活も変わっていってしまうのかな？

でも……ゆうなちゃん、かのんちゃん、あんずちゃんの友情が、ずっと変わらないといいな。あの三人が、ずっとなかよしでいられると、すごくいいな……。

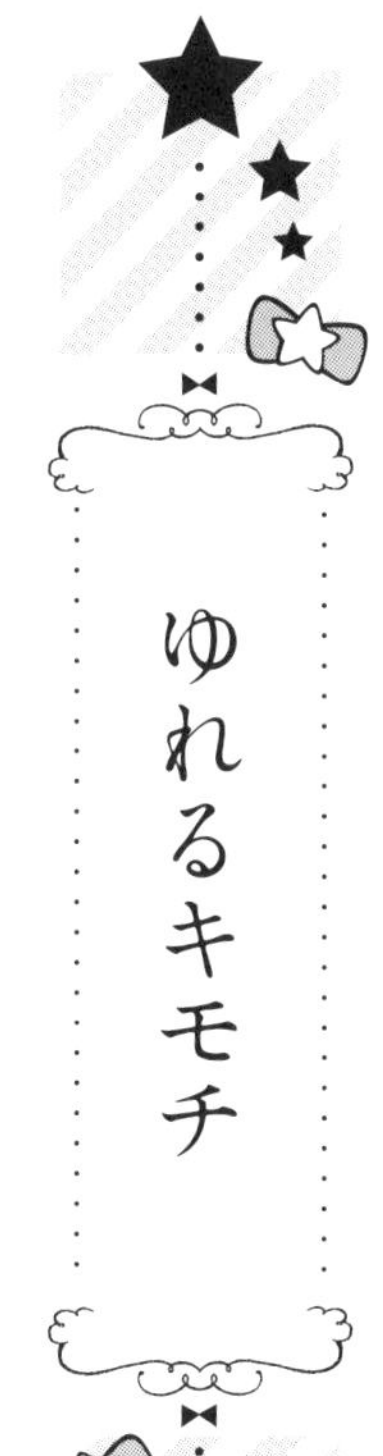

ゆれるキモチ

今日は、音楽室が使える練習日だ。

私、綾瀬花日は、ソプラノパートの前のほうで、うっとりと指揮者を見ていた。

指揮台に立っているのは、もちろん彼氏の高尾優斗だ。

「ちょっと、とめて」

指揮棒を持った高尾が、難しい顔で、心愛ちゃんのピアノ伴奏をとめた。

みんなの声も、それにあわせてしぼむようにストップした。

これまではパートごとの練習をしていたから、全体のふんいきがわからなかったけど、初めてみんなで合わせてみたら、まだちょっと音がバラバラな感じだった。

「少し音がズレてるから、パートごとに音を合わせよう。まず、アルト。はい」

アルトの子たちが、自分たちのパートのメロディーを歌いあげる。

次は、いよいよソプラノだ。まだ音程に自信がない私は、小さい声で歌ってしまったけれど、かのんちゃんやあんずちゃんは、メインの旋律を堂々と歌いあげ、高尾に「いいね」とほめられていた。

それを見ていた担任の先生が、感動で瞳をうるませている。

「バラバラだったクラスが、こんなにまとまって……。あの春のリコーダーテストのときは、先生は本気で、もうどうしようかと……！」

わっと両手で顔をおおってしまった先生に、エイコーが反応した。

「あ、先生が泣いてるぞ」

「いまから泣いてて、本番どうするんだよ！」

トモヤのツッコミに、先生が「だってだって！」と泣き笑いになる。

先生とエイコーたちのやりとりに、クラスのみんながいっせいに笑った。

なんだかすごく、いいふんいきだ。今、高尾を中心にして、六年二組がひとつになろうとしている。

――みんながんばってる……。

私も、うまく歌えないなんて言ってないで、もっとがんばらないと！

・・・・・・・・⧓・・・・・・・・⧓・・・・・・・・⧓・・・・・・・

放課後。

さっきの音楽室での練習を思い出しながら、私は学校の屋上に立っていた。

隣には高尾がいる。私が「もっと歌を練習したい！」と言っていたら、ここなら誰も聞いてないからと、高尾が屋上へ連れてきてくれたのだ。

「……あ〜〜〜〜〜♪」

楽譜を見ながら、そーっと歌ったら、高尾がビミョーな顔つきで私を見た。

「……ずいぶん、個性的だね」

「ヘタならヘタって言って……」

高尾は言葉を選んでくれたんだけど、自分でもあんまりうまくないなーって思っているから、その心づかいに胸が痛むよ……。

出だしで音がはずれると、そのままずるずるメロディーが変になってしまうので、何度歌い直しても、納得できる仕上がりにならない。

「うまく歌えないよぉー」

屋上のコンクリートの上で、ジタバタ足ぶみしていたら、高尾がアドバイスをくれた。

「もっと、大きな声で歌ったほうがいいよ」

「ええ!? 大きい声で歌ったら、目立っちゃうよ！」

ただでさえヘタなのに……。こんな状態で、みんなの前で大声なんて出せないよ。

「小さい声で歌うより、大きい声で自信を持って歌ったほうが、音程は安定するんだよ」

う……。高尾が言うと、説得力がある。

「そうなの？」

さぐるように私が聞くと、高尾はニッコリ笑ってうなずいた。

「指揮してるオレに届くように歌ってよ。オレ、綾瀬の歌声、好きだから」

「えっ⁉」

高尾の声が優しくて、ドキッとした。

「綾瀬の声が聞こえたら、オレ、がんばれる」

私も、高尾に届くようにって思ったら、もっと大きい声でがんばれそう。

「……うん！」

ふと、今年の春のことを思い出した。

先生が言っていた、あのリコーダーテストのとき。

高尾と初めてこの屋上で、リコーダーの練習をしたんだった。

オレンジ色の夕陽にそまる高尾の横顔が、すっと近づいてきて……。

そうだった。私、あのとき初めて、高尾とキスしたんだ、ここで。

ぼんやりそんなことを考えていたら、

「綾瀬？　どうした？」

急に、高尾が私の顔をのぞきこんできた。

飛びはねるくらいおどろいて、私は両手をパタパタと横に振った。

「う、ううん！　何でもないよ！」

そう、なんでもない。

でも、あれから私たちは、キス、してない……。

――二度目のキスの約束……いつ、かなうんだろう。

そこでまた、私はハッと我に返った。

――そんなこと考えるなんて、花日、ハレンチ！　ハレンチだよぉ――!!

自分で自分が恥ずかしくなってしまって、私は「うう～っ」と頭をかかえてしまった。

「綾瀬、練習するよ？」

ひとりでジタバタしている私を、高尾が不思議そうにのぞきこんでくる。

「う、うん」

真っ赤になってる私の頬、オレンジ色の夕陽のおかげで、少しはごまかせたかな？

・・・・・・・⋈・・・・・・・⋈・・・・・・・⋈・・・・・・・

高尾と歌の練習をしてから家に帰ったら、リビングのソファで、お兄ちゃんが本を読んでいた。

「おかえり。今日は遅かったね」

「あ、うん。いまクラスで合唱コンクールの練習してて」

ランドセルを背中からおろしながら、私がそう言うと、お兄ちゃんがちょっと首をかしげた。

「合唱コンクール？」

「そうなの！　えっとね、プリント……」

配られたばかりの保護者あてのプリントを、ランドセルから取り出そうとしたら、プリントと一緒に、高尾とのツーショットチェキが一枚、出てきた。

あせってランドセルに戻そうとしたら、チェキだけが手からすりぬけて、するっとフローリングの床に落ちる。

「……………！」

お兄ちゃんの足もとにすべっていったチェキを、私はあわてて拾いあげた。

「どうしたの？」

「ううん、なんでもない！　あれー？　プリント忘れてきちゃったのかなぁ？」

わざとらしく声をあげて、私はチェキとプリントを自分の背中側へ、サッと戻した。

「本当に、花日はおっちょこちょいだな」

お兄ちゃんは、私のあせりにはぜんぜん気がつかずに、やれやれとため息をつきながら笑いかけてくれた。

「えへへ～」

私も笑いながら、後ろ手で、たたんだプリントとチェキをぎゅっと握りしめる。

「プリント、今度見せて。最優先で予定組んで、見にいけるようにするから」

「やった、ありがとう！」

大好きなお兄ちゃんが、合唱コンクールを見にきてくれるのは、すごくうれしい。

それに……前の授業参観のときは、結局、お兄ちゃんに高尾のことを、ちゃんと彼氏って伝えられなかったから……。

――お兄ちゃんが来るなら、今度こそ高尾を紹介しなきゃ。

でも、お兄ちゃんはずっと「小学生でカレカノなんて早すぎる」って思っているみたいだったから……私に彼氏がいるなんて知ったら、もしかすると、ショックで倒れちゃうかもしれない。

どうしよう……。高尾を「彼氏です」って紹介して、本当に大丈夫かな？

合唱コンクールまでに解決しないといけない悩みが増えてしまって、私は心の中で頭をかかえた。

結衣の場合

放課後。

親友の綾瀬花日が彼氏の高尾と一緒に、屋上で歌の練習をしていた、その同じころ。

私――蒼井結衣は、委員会の用事をすませて、廊下を歩いていた。

「おーい、蒼井」

後ろから声をかけられて振り返ったら、隣の六年一組の教室から、一組担任の男の先生がひょこっと顔を出した。

なんだろう……と、私が首をかしげていると、

「本当に、受験しないのか？」

先生に、いきなり言われた。

そういえば、一組の担任の先生は、進路指導も担当しているんだった。

「…………」

私が返事に困って黙っていると、先生は説得するみたいにつづけた。

「お前の成績なら、けっこういい中学、ねらえるんだぞ？　前も話しただろ？」

「はい……」

うなずいてみたけれど、私は私立中学を受験するつもりはなかった。

だから秋の進路指導のときも、先生には「みんなと一緒に、公立の中学に行きたい」と伝えていたんだけど……。

「願書、まだギリギリ間にあうから。お父さんとよく話しなさい」

先生の言葉に、私はうつむいた。

みんなと……彼氏の桧山と同じ中学に行きたい。それは本当の気持ち。

でも、迷っていないといえば、ちょっとだけウソになる。

先生がすすめてくれた中学のことを調べてみたら、「いいな」って思う部分もあって、その学校の生徒になった自分の姿を一瞬、イメージしたりもしたから。

そこを先生に見透かされたような気がして、ドキッとした。

私は黙って一礼すると、となりの自分のクラスへ飛び込んだ。


教室に入ったら、窓際の席に人影があった。

私の彼氏——桧山一翔だ。

桧山はこっちに背中を向けたまま、楽譜とにらめっこしていた。

「う……うう……。……うう〜」

私がいるのにも気がつかずに、うなり声をあげている。すごく苦悩しているみたい。

と思ったら、いきなりバサッと楽譜を机にたたきつけた。その勢いで楽譜がはねて床に落ちる。桧山はそれを拾うこともしないで、がしがしと乱暴に自分の頭をかいた。

「あー！ 歌とかこっぱずかしい!! やってられねーよ」

はーっと深くため息をついたところで、やっと私に気づいて顔をあげた。

「委員会、終わったのか？」

「……うん」

なんとなく胸のあたりがムズムズして、私は暗い顔のまま、ランドセルに教科書とノートをつめた。

すると、そんな私の様子をじっと見ていた桧山が、心配そうに眉をしかめた。

「なんか、あったか？」

私は黙って首を横に振った。

今しゃべったら、自分でもまだ、どうしていいかわからない進路のことを、桧山にぶつけてしまいそうな気がしたから。

もし私が受験して、一緒の中学じゃなくなったら、桧山とはどうなっちゃうんだろう。

桧山はずっとカレカノでいるって、修学旅行のときも約束してくれた。

私だって、ずっと桧山と一緒にいたい。

だけど……。

そんなことを考えていたら、どんどん気持ちがめいってきてしまう。

六年生でいられる期間は短い。桧山と同じクラスでいられる時間は、あと少ししかないのに。

私は軽く頭を振って、無理に笑顔を作ってみせた。

「桧山って、このあとサッカーやって帰るんだよね？」

「そ。他のメンバーは委員会終わってないみたいだし、もう少しここで待たないとな」

荷物をつめ終えた私は、上着をはおってからランドセルを背負った。

「桧山、きちんとコンクールの練習してる？」

それから、くしゃっと折り目がついたまま床に落ちている楽譜を指さした。

「あー、楽譜投げてる！」

「いや、こ、これは……」

あわてる桧山に、私は楽譜を拾って手渡した。

「きちんとやりなさいよ」

「あ？」

急に真面目な声になった私に、桧山が不思議そうな顔をした。

でも、私たちがこのクラスで一緒にできる行事は、これで最後なんだよ……。

「……最後の、合唱コンクールなんだから……」

ランドセルの肩ベルトをぎゅっと握って、「また明日ね」とだけ言うと、私は桧山を置いて歩きはじめる。

「なんだよ……？」

教室を出る直前、背中ごしに、桧山のとまどうような声が聞こえた。

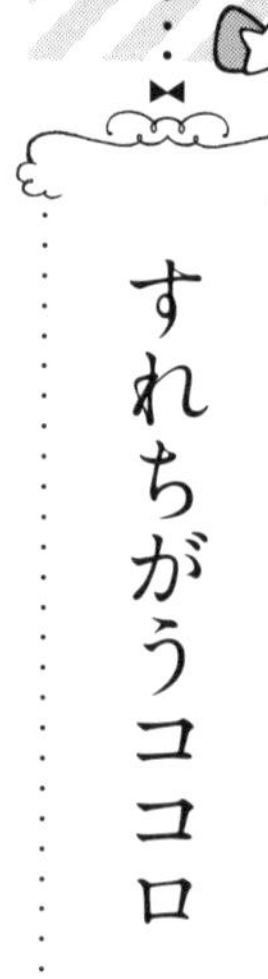

すれちがうココロ

HANABI

翌日の放課後。私、綾瀬花日は悩んでいた。

合唱コンクールを見にくるお兄ちゃんに、どうやって高尾を紹介すればいいのか……。

こういうことはやっぱり、恋愛問題はおまかせの、まりんちゃんに相談するしかないよね。それから、カレカノ関係が桧山の家族にも公認になってる結衣ちゃんにも。

「まりんちゃん！　結衣ちゃん！」

「ん？」

声をかけると、ふたりが同時に私を見た。

「ちょっと相談が……」

そう言いかけたところで前の扉が開いて、クラスの女の子たちが顔をのぞかせた。

「みんな！　アルトのパート練習、はじまるよー！」

「音楽室だって！　すぐ集合して！」

アルトパートのまとめ役ふたりにせかされて、まりんちゃんと結衣ちゃんは、楽譜を手に立ちあがった。

「ごめんね。もう行かなきゃ」

結衣ちゃんが、言うと同時に歩き始める。まりんちゃんも片手をあげて、おがむようなポーズをしてみせた。

「またあとでね！」

「ええっ、そ、そんな……」

しばらくボーゼンとしていた私は、じわじわと不安になってきてしまった。

「私、どうしたらいいのー!?」

ひとり教室に残された私が叫んでいたら、

「花日ちゃん、どうしたの？」

「何か悩みごと？」

同じソプラノ組のかのんちゃんとあんずちゃんが、声をかけてくれた。

「かのんちゃん！　あんずちゃん！　あのね、悩みがあるんだけど、まりんちゃんたちに相談できないの……」

アルトチームが音楽室に移動すると知って、かのんちゃんはドンと自分の胸をたたいた。

「なら、私にまかせて！　私じゃ力不足かもしれないけど、話してみてよ」

「いいの……？」

すると、かのんちゃんは大きくうなずいた。

「今日は恋愛相談『まりんの部屋』じゃなくて、特別に『かのんの部屋』ね。……ふふふ。一度、やってみたかったんだよねぇ」

おおー！　頼もしい!!

「私も力になるよー！」

あんずちゃんにもそんなふうに言われて、うれしくなってしまう。

「あの、実はね……」

私は勢いよく、昨日の夜のできごとを話しはじめた。

だからそのときは、ぜんぜん気がついていなかった。

教室の扉の近くで、複雑な表情をしたゆうなちゃんが、私たちの様子をじっと見つめていたことに。

「ゆうなちゃん、音楽室行くよ」

「うん……」

いつもの元気がなくなったゆうなちゃんは、アルトパートの子たちに声をかけられて、教室からゆっくり出ていってしまった。


一方、教室に残された私たちは――。

「えーっ！　お兄ちゃんに、彼氏を紹介する⁉」

私の相談内容に、かのんちゃんが目を丸くした。

「うん……。けどお兄ちゃん、許してくれるかなぁ……」

ため息をついた私に、あんずちゃんが聞いてくる。

「お兄ちゃんって、授業参観に来てた人？」

「うん」

すると、かのんちゃんはむずかしい顔をして、自分のあごを指先でごしごしこすった。

「うわー、それはマズイわー。あのタイプはぜったい反対するわー。もうぜったい、彼女いない歴＝年齢だわー！」

「そうなの!?」

すごい……。妹の私にもわからないことを、かのんちゃんはビシバシ説明してくれる。

「でも、家族に反対されたら、高尾くんとも気まずくなっちゃうかもだよねぇ」

あんずちゃんの素直な感想に、私もうんうんとうなずいた。

まさにそれ。そんなことになっちゃったら、本当に最悪だよ……。

「うう……どうしよ。どうしたらいいかなぁ!?」

あわてる私の鼻先に、かのんちゃんが人さし指を突きつけた。

「とりあえず紹介してみて、反対されたら全力でなかったことにする！」

「ええっ⁉」

そ、そんな……なかったことになんて、できるのかな？

すると反対側から、あんずちゃんも私に人さし指を向けた。

「お兄ちゃんに彼女を作らせて、カレカノに慣れさせるのは、どう？」

「い、今からコンクール本番までに⁉」

そ、それは……いくらなんでも無理じゃないかなぁ？

「そんなにすぐに彼女ができるタイプだったら、お兄さんも苦労してないよね」

かのんちゃんがそう言いながら、あははは……と笑う。

脱線しながら相談していたら、あっという間に時間がたってしまった。

気がつけば、音楽室での三十分の練習時間を終えたアルトパートの子たちが、少しずつ教室に戻りはじめていた。

「かのん、あんず……」

私たちのそばに、ゆうなちゃんが近づいて声をかけた。

でも、話に集中していた私たちは、その声に気づけなかった。

「ホント、これだから頭のカタい昭和男は困るよね！」

かのんちゃんの言葉を、私はあわてて否定する。

「お兄ちゃん、平成生まれだよー！」

「そっかー、だよねー」

あんずちゃんもうなずきながら、おなかをかかえて大笑いしている。

「……ねぇ！」

そのとき、するどい声が私たちの頭の上に降ってきた。

「あ、ゆうな」

笑いすぎて目に涙をうかべたかのんちゃんが、目をこすりながら顔をあげた。

すると、ゆうなちゃんは少しホッとしたように笑った。

「アルト終わったから、一緒に帰ろ？」

「あ。まだこっち、終わらないんだ」

ごめん、とかのんちゃんが片手をあげてみせた。

あっさりした言葉に、ゆうなちゃんはびっくりしたようだった。

「……え？」

「今日は、別々に帰ろう？」

あんずちゃんも、ゆうなちゃんにあやまりながら、そう言った。

「思った以上に『かのんの相談室』が長引いちゃってるの。まだ解決策が出てないから、ゆうなは先に帰っててていいよ」

かのんちゃんに説明されたゆうなちゃんは、そっと足もとに視線を落とした。

その間にも、かのんちゃんが私に投げかけてくる質問は、どんどん脱線していく。

「ね、花日ちゃん。お兄さんの好きなタイプは？」

「うう……。そんなのわからないよ！」

私が返事に困っていると、

「……バイバイ」

小さな声で言って、ゆうなちゃんが私たちの席からはなれた。

「うん！　バイバーイ！」

かのんちゃんとあんずちゃんも、その背中に明るく手を振った。

・・・・・・・⧓・・・・・・・⧓・・・・・・・⧓・・・・・・・

だからここから先は、私たちの知らなかったこと。


「いつも一緒に帰るって、約束したのに……」

ひとりで廊下へ出たゆうなちゃんは、きゅっと唇をかみしめた。

「……ウソつき……」

つぶやいた声が、ふるえている。

それを聞いていた心愛ちゃんが、ゆっくりとゆうなちゃんに近づいた。

「花日ちゃん、ムカつくよねぇ？」

「えっ……？」

びっくりして顔をあげたゆうなちゃんに、心愛ちゃんはニコッと笑いかけた。

「花日ちゃん、ひとのモノ盗っちゃうから……。かのんちゃんとあんずちゃんも、盗られちゃうかもよ？」

「そんな！」

ぎゅっと手を握りしめたゆうなちゃんの耳もとで、心愛ちゃんがささやいた。

「ムカつくでしょ？　だから、ちょっと懲らしめてあげようか？」

「…………」

不安そうな表情で、ゆうなちゃんは心愛ちゃんを見た。

大キライ

かのんちゃんとあんずちゃんに、相談に乗ってもらった次の日。

「みんな、おはよー！」

朝のあいさつをしながら教室に入ったら、何か様子がおかしくなっていた。

高尾や結衣ちゃんたちはまだ来ていなかったけど、教室にはもう半分以上のクラスメイトがいた。そのうちの女子の何人かが、私が教室に足を踏み入れたとたん、スッと視線をそらしたのだ。

首をかしげながら、自分の席へ歩いていった私は、こちらをじっと見ているゆうなちゃんに気づいた。

「あ。ゆうなちゃん、おはよー」

「…………」

でも、ゆうなちゃんは黙ったままだ。

「ゆうなちゃ……」

もう一度、声をかけようとしたら、ゆうなちゃんはくるりと私に背中を向けて、自分の席のほうへ戻ってしまった。

――え。なに……？

女の子たちの視線が冷たい。たぶんこれは、気のせいじゃない。

心愛ちゃんだけが、私を見てニコニコしているけど、ほかの子たちはみんな、冷たい目で一瞬だけ私を見て、すぐにそっぽを向いてしまう。

「なんだなんだ！」

「女子、ケンカかー!?」

教室内の異常なムードに気がついたエイコーとトモヤが、野次馬気分ではやしたてた。

その隣では、メガネの委員長が「クラス分裂」と書かれたボードを出している。

そのとき、優雅な足どりで心愛ちゃんが近づいてきた。

「花日ちゃん、空気読まないから、みんな怒っちゃったみたい」

「……え？」

空気読まないって、なんで？

ショックというよりも、理由がわからなくて固まってしまった私に、今度は後ろからイライラとした声がかかった。

「おい、ちんちくりん。突っ立ってんじゃねー、邪魔！」

「つ、堤くん⁉」

びっくりして横によけると、堤くんは私の横をすりぬけながら、ぼそっと言った。

「なんか先生が呼んでたぞ。プリント運べって」

「う、うん！」

日直じゃないのに、プリント運びを頼まれるなんて珍しいな……なんて思いながら、私は急いで教室を出た。

…………………………

だからこの先も、私の知らなかったこと。

突然、割り込んできた堤くんを、心愛ちゃんはにらみつけた。

「ちょっと……」

文句を言いかけたところで、堤くんが冷たい視線でにらみ返す。

みんなに「帝王」と恐れられているだけあって、堤くんのかもしだす空気は、強気な心愛ちゃんがひるむくらい威圧的だった。

「おい、お前。つまんねーことしてんじゃねぇよ」

「……っ！」

堤くんが、確信をこめて心愛ちゃんに言った。

かなり失礼な言い方だったけれど、その迫力に、心愛ちゃんはなにも言い返せなくなってしまった。

朝の女子トイレは、六年二組の女の子たちでいっぱいだった。

「なんなのよ、アレ！　ほんっとうにムカつく！」

堤くんとの直接対決をさけた心愛ちゃんは、自分の顔が映った洗面台の鏡に向かって、低い声で文句をつけていた。

それに同調した同じクラスの女の子たちも、次々と陰口を言いはじめた。

「ねー。花日ちゃん、いつも男子にかばわれてるよね」

「高尾くんと付き合ってるのに、今度は堤くんまで！」

「マジ調子乗ってるよね！　無視したくらいじゃ反省できないみたいだし」

洗面台の前には、ゆうなちゃんもいた。でもゆうなちゃんだけは、少し青ざめた顔をして、なにも言わずに立っている。

心愛ちゃんは鏡ごしに、そんなゆうなちゃんを見つめた。それから色つきリップを取り

出して、きゅっと唇にぬった。

「次はどうしよっかなー。ねぇ、ゆうなちゃん？」

聞かれたゆうなちゃんは、一瞬びくっとして、それからゆっくり口を開いた。

「……やめようよ」

「はぁ？」

心愛ちゃんが、きょとんとする。

「やっぱり、こんなの、よくないよ……！」

それだけ言って、トイレから走って出ていったゆうなちゃんを、心愛ちゃんはあきれたような表情で見送った。

「あーあ……。でもゆうなちゃん、気をつけないとね」

そう、ひとりごとのようにつぶやいた。


………⧓………⧓………⧓………

堤くんから伝言された、先生のプリント運びの用事は間違いだったみたい。

かわりに一時間目の授業で使う教材を渡された私――綾瀬花日は、それを抱えて教室に戻ってきた。

――あれ……？

さっきいたはずの、心愛ちゃんたちの姿が見えない。

私を無視するように視線をそらした、何人かの女の子たちもいない。

――どうしたんだろう？

そう思っていたら、かのんちゃんとあんずちゃんが駆け寄ってきた。

「花日ちゃん、気にしないほうがいいよー」

「元気出しなよ！　そうだ、今日は三人で一緒に帰ろ！」

「え？　えーと……」

なぐさめてくれてるんだよね？　ありがたいけど、急な展開にとまどってしまう。

ふと、教室の後ろのほうへ視線を投げたら、そこにゆうなちゃんが立っていた。

「あれ？　ゆうな？」

かのんちゃんたちも気がついて、声をかけた。

でも、ゆうなちゃんの表情はこわばったままだ。泣きそうな顔で私たちを見ている。

どうしたの？　と私が言いかけたところで、ゆうなちゃんがぽつりとつぶやいた。

「キライ……」

「え？」

「花日なんか、大キライ！」

その言葉が、私の胸に矢のようにささった。

——なんで？　ゆうなちゃん……。

ゆうなちゃんの思いもかけないキツイ言葉に、かのんちゃんとあんずちゃんもびっくりしている。私以上にショックを受けた表情で、ゆうなちゃんに言い返した。

「ちょっと、ゆうな！　なんてこと言うの!?」

「あやまりなよ！」

親友ふたりから責められて、ゆうなちゃんは唇をきつくかみしめた。

「……っ！　かのんもあんずも、大っキライ!!」

大声で叫んだゆうなちゃんは、涙をうかべて教室から出ていってしまった。

あっけにとられる私たちの横で、どこからか戻ってきていた心愛ちゃんが、クスクスと笑った。

「だから気をつけてって、言ったのに……」


………⧓………⧓………⧓………


休み時間になった。

授業中は、みんな朝のさわぎなんて夢だったみたいに静かにしていたけど、やっぱりなんだか居心地が悪くて、私はひとり校舎の屋上へ来ていた。

「……どうして……」

どうして、ゆうなちゃんは怒ったんだろう……。

それがわからなくて、私は屋上の柵につかまると、ボーッと遠くを眺めてみた。だけど、ぜんぜん答えが出てこない。

そこへ、足音が近づいてきた。

「高尾……」

「大丈夫？　じゃ、ないよな」

高尾はちょっと困ったように笑って、私の隣に並んで立った。

私は、ハーッと息を吐き出した。白いけむりみたいな息が、顔の前に広がる。

「なんでだろう……どうして、ゆうなちゃんにキライって、言われちゃったんだろう」

ずっと考えてた。心愛ちゃんに言われたことも。

「私、空気が読めないんだって。だからかな？」

「空気を読む、なんてくだらないよ」

――えっ？　どうして？

私はおどろいて、高尾の横顔を見た。

「空気とか、ふんいきなんていう不確かなもの、あてにならない。人の心の中は見えないんだから」

「う、うん？」

頭のいい高尾の話は、私にはちょっとむずかしい。でも、心は目に見えないっていうのは、わかるよ。

うなずいた私に、高尾は優しい声で言った。

「『大キライ』の理由。それが知りたいなら、きちんと言葉で聞くしかないでしょ？」

「言葉で……」

そうか。わからないなら、聞けばいいんだ。

ゆうなちゃんの本当の気持ち。それが知りたいんだから。

ぴょんと背筋をのばして、私は高尾を振り返った。

「私、ゆうなちゃんと話してみる！」

「……うん」

高尾がふわりと、やわらかく笑った。

なかなおり

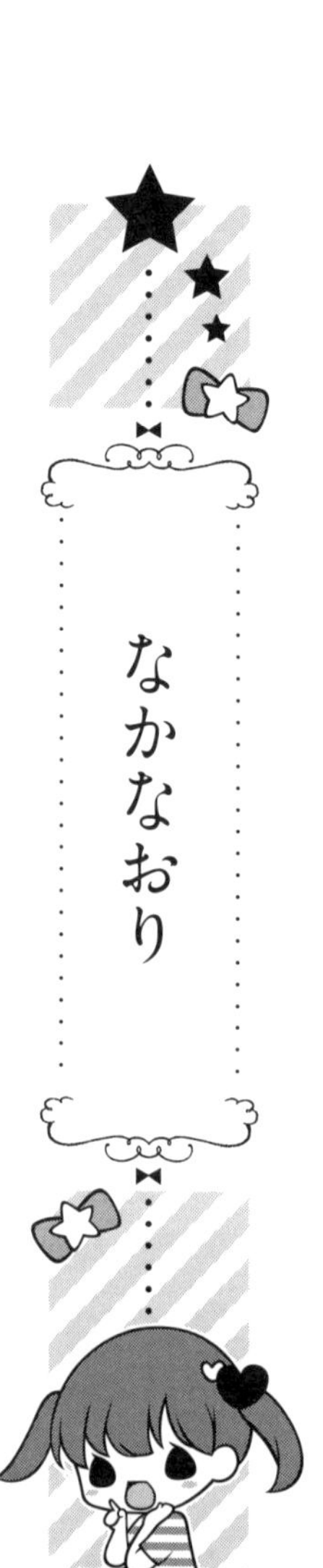

放課後になった。

今日も、アルトパートの子たちが音楽室を使う日だ。

私たちソプラノパートは、教室で練習することになっていたけれど、私はこっそり六年二組の教室を抜けだして、音楽室の前に立っていた。

「ゆうなちゃん……」

放課後になるまで、何度もスキを見て声をかけようとしたけど、私の視線に気づくとすぐに、ゆうなちゃんは席を立ってどこかへ行ってしまう。

だから、屋上で高尾に決意表明したのに、まだゆうなちゃんとは話せていなかった。

でも、ここなら会える。会ってゆうなちゃんに、ちゃんと理由を聞くんだ。

――うー、でもちょっと、緊張する……。

大きく深呼吸してから、私は音楽室のドアに手をかけた。

横スライドで開けようとした次の瞬間、いきなり内側から、ドアがガラッと開いた。

「あ、花日！」

「わっ、結衣ちゃん、どうしたの？」

中から出てきた結衣ちゃんは、困り顔で私に聞いてきた。

「ね、ゆうなちゃん知らない？」

「……え？」

どういうこと？　私だって、ゆうなちゃんに会いにきたのに。

「もしかして、ここにいないの？」

「うん。ひとりだけ、練習に来てないの……」

ゆうなちゃんはまじめで、すごくきちんとした女の子だ。無断で練習をサボったりする
タイプじゃない。

それなのに、誰にも伝言を残さずに、練習にも来ないなんて……。

なんだか、イヤな予感がした。


音楽室の前で結衣ちゃんと別れた私は、ソプラノの子が集まる教室に駆け戻った。

教室のドアをガラッと開けたら、みんながいっせいに私のほうを見た。

でもそんなことに、かまっていられない。私はつかつかと奥へ歩いていって、かのんちゃんとあんずちゃんの前に立った。

「ねえ、ゆうなちゃんが、いないみたいなの！」

「……え？」

ふたりは、ぽかんと私を見た。

「音楽室の練習に来てないんだって。きっと、なにかあったんだよ。一緒に探そうよ！」

「それは……」

私の言葉に一瞬、心配そうな顔を見せたかのんちゃんが、フッと気まずそうに視線をそらした。

「……なんで？　キライとか言われたし。いま、ケンカ中だし……」

「そうだよ。花日ちゃんも、ゆうなにヒドイこと言われたじゃん」

あんずちゃんも、少し怒ったように言った。

私は思わず、大きな声を出してしまった。

「なに言ってるの!?」

ビクッと、ふたりの肩が揺れる。でも、私はかまわず言葉をつづけた。

「ケンカしても友だちでしょ！　ゆうなちゃんの本当の気持ち、わからないままでいいの？」

かのんちゃんとあんずちゃんは、そっと顔を見あわせた。

その瞳が、みるみる強い光をたたえていく。

「行こう、あんず」

「うん。ゆうなを探そう！」

それから、パートリーダーにすばやく事情を説明して、私たちは教室を飛びだした。

校舎内の廊下や階段を、先生にしかられないくらいの早足で歩き回って、私たちはゆうなちゃんを探した。

「ゆうな！」

「ゆうなーーー!!」

かのんちゃんたちも、必死で親友の名前を呼んでいる。

玄関や屋上も探したけど、ゆうなちゃんは見つからない。

教室にランドセルも上着も全部残っているから、帰ったりはしてないはずなのに……。

「どこ行っちゃったんだろう」

かのんちゃんが、いよいよ心配そうにつぶやいた。

「なんか様子おかしかったし、もしかして、どこかで倒れてたりしたら……」

あんずちゃんが言いかけて、ふと思い出したような顔をした。

「そうだ、保健室！　まだ行ってなかったよね」

「うん。行ってみよう」

私たちはうなずき合って、一階にある保健室を目ざすことにした。

保健室のドアを開けたら、カーテンを寄せたベッドの上に、ゆうなちゃんがちょこんと座っていた。

「ゆうなちゃん、いたー！」

「ゆうな！」

先頭をきってドアを開けた私を押しのけて、かのんちゃんが、まっさきにベッドのそばへ駆け寄った。

ゆうなちゃんのほうは、いきなり現れた私たちに目を丸くしているばかりで、ぜんぜん状況が把握できていないみたい。

「ど、どうしたの？」

「どうしたのじゃないわよ！」

心配しすぎて怒りモードになっていたあんずちゃんが、ゆうなちゃんの手もとを見て、ハッと表情を変えた。

「ケガしたの!?」

その左手には、保健室で処置してもらった白い包帯が巻かれている。

ゆうなちゃんは少し照れくさそうに、うん、とうなずいた。

「これ、探してて……」

そう言いながら右手で持ちあげたのは、三人がおそろいで持っていた、あのうさぱんだのボイスメモだ。

「どういうこと？」

かのんちゃんとあんずちゃんが、首をかしげた。

するとゆうなちゃんは、さっき起きたできごとをゆっくり話しはじめた。


——つまり、こういうこと。

練習前、教室に居づらくなっていたゆうなちゃんは、校舎と校舎とをつなぐ二階の渡り廊下に立っていた。

手のひらの上で、うさぱんだのボイスメモを転がしながら、ゆううつな気持ちで、かのんちゃんたちのことを考えていたら……。

「ヒャッハー!!　エイコーMAXダーッシュ!!」

ふざけて渡り廊下をダッシュしていたクラスの男子が、かのんちゃんにぶつかった。

その反動で、ボイスメモが手からはなれた。そしてそのまま、すぐそばにあった木の枝の間に落ちて、そこで引っかかってしまった。

急いで中庭へ降りたゆうなちゃんは、うさぽんだを枝から落とすために、椅子を持ってきた。それでも届かない分は、落ちていた細い枯れ枝で補って、何度もついてみた。

ようやくボイスメモを芝生の上に落として、ホッとしたとたん、ぐらついた椅子から落ちそうになって……。


「……それで、とっさに地面に手をついたら、手首をねんざしちゃったの」

「それを、取ろうとしてケガしたんだ……」

あんずちゃんに言われて、ゆうなちゃんは恥ずかしそうにうなずいた。

「だって、おそろいのこれ、ぜったいになくしたくなくて」

そう言いながら、うさぱんだの耳の後ろにあるボタンを、そっと押した。

――ずっと友だち！　約束！

元気な声で録音された、その――大切な言葉。

「約束……」

私は思わず、口の中で繰り返した。

かのんちゃんが、包帯だらけのゆうなちゃんの手をそっと取った。

「大キライって、言ったのに」

「だって、いつも一緒に帰ろうって約束したのに……」

涙ぐむゆうなちゃんに、かのんちゃんが困った顔で説明した。

「それは……あのときは、花日ちゃんに相談受けてて」

「わかってるよ！　約束したからって、縛っちゃいけないって！」

急に大きな声を出したゆうなちゃんに、かのんちゃんとあんずちゃんは、びっくりして

顔をあげた。

「けど今日、ふたりが花日ちゃんと帰るって聞いたら、私……さみしくて……」

ポロポロと涙をこぼすゆうなちゃんにつられて、かのんちゃんとあんずちゃんも涙目になった。

さっき、あんなに考えてもわからなかった「大キライ」の理由が、すとんと私の心の中に落ちてきた。そうか……これが、ゆうなちゃんの本当の気持ちだったんだ。

「ゆうな……」

あんずちゃんがポンポンと、ゆうなちゃんの頭を優しくなでた。それから、ゆうなちゃんとかのんちゃんがつないだ手の上に、自分の手のひらを重ねる。

「さみしい思いさせちゃって、ごめんね！」

「私も、ヒドイこと言って、ごめん……！」

三人は泣きながら、おたがいを抱きしめあった。

「ゆうなちゃん、かのんちゃん、あんずちゃん……三人はとってもなかよしだから、すれちがっちゃったんだね」

私がそう言うと、かのんちゃんが、ゆうなちゃんに説明してくれた。

「花日ちゃんが、私たちの背中、押してくれたんだよ」

「そうだよ。ゆうなを探そうって、言ってくれた」

あんずちゃんにも言われて、ゆうなちゃんはそっと涙をふいた。

「ありがとう……ごめんね、花日ちゃん。私、ヒドイこと言ったのに……」

申し訳なさそうなゆうなちゃんに、私は「ううん」と、かぶりを振った。

「三人が、なかなおりできて、うれしいよ！」


……⧓……⧓……⧓……


なかよし三人組と一緒に、私が保健室から戻ってくると、なぜか教室にはクラスメイトが勢ぞろいしていた。

「あ、花日！」

堤くんと話していたまりんちゃんが、私を見つけて手を振った。その横には結衣ちゃんもいる。

「あれ？　アルトは音楽室じゃ……」

言いかけた私に、まりんちゃんが楽しそうに笑う。

「これからは、両方のパート合わせて練習するんだって！」

「指揮者が決めたんだよ」

堤くんが、親指でくいっと黒板のほうを示した。

見れば、アルトの子たちと音楽室にいたはずの指揮者の高尾も、そしてピアノ伴奏の心愛ちゃんも、みんな教室に戻ってきていた。

「やっぱり、みんなそろったほうが、いいもんね」

高尾のほほえみに、クラスの女子が全力でうなずいている。

そうだよね。上手に歌うのも大切だけど、その前にクラス全員の心がひとつにならなくちゃ、合唱の意味がないもん。

みんなでコンクール、がんばろうね！

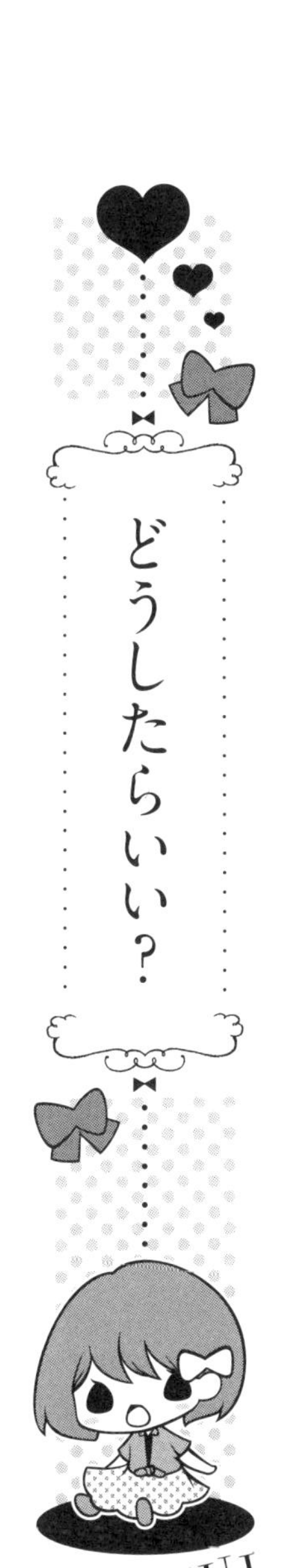

みんなが集まった放課後の教室から、私――蒼井結衣はそっと抜けだした。

これまでバラバラにパート練習をしていたのを、全員で集まって練習する方法に切り替えたのは正解だった。

高尾たちの機転で、クラスのふんいきが一気によくなった気がする。

ホッとしてとなりのクラスの前の廊下を歩いていたら、また一組の男の先生から声をかけられてしまった。

「蒼井、お父さんとは話しあったか？」

「え。いえ、まだ……」

先生は肩をすくめて、「もう、あんまり時間がないぞ」と念を押すように言った。

「これ、渡しとくな」

手渡されたのは、書類の入った大きな封筒。中を見てみたら、私立中学の資料や願書がまとめて入っていた。

――先生、用意してくれたんだ……。

そのとき、背中に誰かの手がふれた。

「なにそれ」

「…………！」

いきなりのことで、心臓がドクンとはねた。その拍子に、書類が手からすべって、バサバサと廊下に落ちる。

肩ごしに封筒をのぞいてきたのは、桧山だった。

桧山はいぶかしげな表情で、私が落とした書類を拾うと、そこに印刷された文字を音読した。

「入学……願書？」

ハッとしたように顔をあげて、桧山は私を見た。

「お前、受験すんの？」

「ま、まだ決めてなくて！」

私はあせって、頭をぶんぶん横に振った。

「……そっか」

ぽつっと、桧山が言う。

どうしよう。私の返事に、なんとなく、桧山がショックを受けているような気がする。

失敗した……。この書類を、よりによって桧山に見られてしまうなんて。

「早く話そうとは思ってたんだけど……ご、ごめん！」

「別に、あやまることじゃねーだろ」

私から目をそらしたまま、桧山はつぶやいた。

「しっかり、考えろよな」

そして、そのまま背を向けて、廊下を歩いていってしまった。

キスの約束

合同練習が終わっても、教室にはまだ、パートごとの自主練をする子が残っていた。

ゆうなちゃんたち三人組も、部屋の後ろでニコニコとおしゃべりをしている。

しばらくその様子を眺めていた高尾は、私のほうへ振り返った。

「よかったね」

「うん！　でも……」

保健室での会話を思い出して、私はうつむいた。

「約束のせいで、ケンカすることがあるんだね。約束が気持ちを縛っちゃうことも」

ゆうなちゃんの気持ちが、いまならよくわかる。私も不安だったりさみしかったりして、高尾のことを「ずっと一緒」っていう約束で、縛っちゃうかもしれないから……。

「大丈夫だよ」

まるで私の心を読んだみたいに、高尾が笑った。

「オレは綾瀬との約束、イヤじゃない。約束があるから、がんばろうって思う」

「高尾……」

うれしくなって名前を呼んだら、目の前に、急に高尾の顔が近づいてきた。

「今度ねって約束した……次のキス、いつにする？」

低い声でささやかれて、カーッと頬が熱くなる。

「そっ、そんなの決められないよっ！」


綾瀬花日、12歳。

高尾との約束は、たまに私を不安にさせます。

だけど……やっぱり、大切にしたい約束です。

第23話

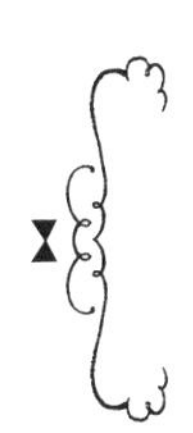

エイエン

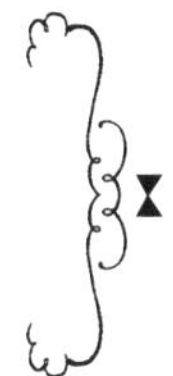

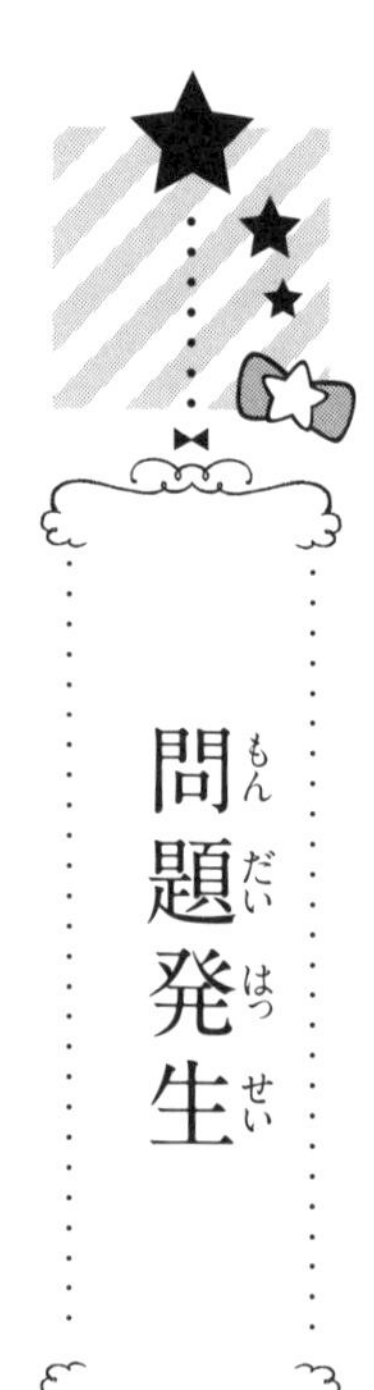

問題発生

もうすぐ、合唱コンクール。

これが私たち六年生の、最後のクラス共同作業だ。

だから、どうしても成功させたくて、私——綾瀬花日は、毎日全力で練習しているんだけど……。

「……花日」

声をかけられて、ふっと目がさめる。

「んー……」

大きくのびをして、まぶたを開けたら、リビングの天井が見えた。

「あ……れ。お兄ちゃん？」

私を起こしてくれたのは、いつの間にか大学から帰ってきていたお兄ちゃんだった。

お兄ちゃんはそのまま、ダイニングテーブルの前の椅子に座った。

どうやら私、学校から帰ってきてすぐ、疲れて居眠りをしていたみたい。

倒れこんでいたソファからゆっくり上半身を起こすと、眠る前に床に広げたままだったランドセルの中の荷物がキレイにととのえられて、お兄ちゃんのいるテーブルの上に置かれているのが見えた。

「あっ、もしかして荷物、片づけてくれたの？」

「うん……」

どうしたんだろう。いつもより、かなりテンションが低い。

私が声をかけても、静かに椅子に座ったままで、こっちを見てくれない。

「ごめんね。私、合唱コンクールの練習でクタクタで」

言い訳をしながら、ソファから立ち上がったら、お兄ちゃんが急に私の名前を呼んだ。

「花日」

「……ん？」

それなのにやっぱり、お兄ちゃんは私の顔を見ない。

「お兄ちゃん？　どうしたの……？」

お兄ちゃんの前に回りこむようにして、テーブルのそばに近づく。するとそこに、ほかの荷物とはべつに、一枚の写真が置かれていた。

心臓が、どくんと鳴る。

――私と高尾のチェキだ！

ちょっと前に、お兄ちゃんに合唱コンクールの話をしようとしたとき、一度落としかけたツーショットチェキ。コメントの場所に「ずっと一緒」って書いてある、私の宝物だ。

ランドセルの中に入れて歩いていたのを、私ったら、また落としちゃったんだ！

「……これ、なに？」

「えっと……」

いつも明るいお兄ちゃんの声が、暗く沈んでいて、なんだかこわい。

どうしよう……どう答えたらいいんだろう。

私が迷っているうちに、お兄ちゃんが口を開いた。

「これ、高尾くん？　前、うちに電話してきてた子だよね？」

デートの約束で、行きちがったときのことだ。お兄ちゃんが高尾からの電話を取ってくれたんだった。

「う、うん……」

うなずきながら、私は心を決めた。言うなら、いましかない。ここできちんとお兄ちゃんに話して、それから合唱コンクールで高尾に会ってもらうんだ。

息を大きく吸ってから、私はぺこりと頭を下げた。

「お、お兄ちゃん……ずっと黙ってて、ごめんなさい」

顔をあげたら、椅子に座ったお兄ちゃんと目が合った。

「あの、私、付きあってる人が……」

「言わなくていい」

——えっ⁉

私の言葉をさえぎって、お兄ちゃんは椅子から立ちあがった。

「オレは、反対だから」

「……反対……。あっ、あのね、お兄ちゃん！　話を聞いて」

歩いていってしまう背中に、私は必死で話しかけた。

だけどお兄ちゃんは、もう振り返ってくれなかった。そのまま廊下につづくドアを開けて、部屋から出ていってしまった。

私の目の前で、バタン、とドアが閉まる。

「なんで……」

お兄ちゃんは、私の話、ちゃんと聞いてくれると思ってたのに……。

テーブルの上のチェキを、私はそっと取りあげた。


――ずっと一緒。


高尾との約束の言葉。

この約束だけは、どんなことがあっても守っていきたい。けど……。

大スキな家族に反対されるのは、やっぱり、すごくショックで。

――綾瀬花日、12歳。

いきなり大ピンチ……です。


……⧓……⧓……⧓……


翌朝。

登校してすぐ、私は自分の席に突っ伏していた。

「どうしよう～!!」

すぐに親友の蒼井結衣ちゃんが来て、なぐさめてくれたけど……。

「話も聞いてくれないで、反対なんて……」

「困ったね……」

結衣ちゃんも、これにはいいアドバイスが思いつかないみたいだった。

「は、花日ちゃん！　ついにお兄ちゃんに、彼氏がいるって言ったのね!?」

この間、相談にのってくれたあんずちゃんが、私たちのため息を聞きつけて、勢いよく話に割って入ってきた。すぐ後ろには、かのんちゃんとゆうなちゃんもいる。

「やっぱり、うまくいかなかったかー！」

かのんちゃんは腕組みしたまま、眉間にしわを寄せてうなった。

「こ、これは対策を考えないと……って、私たちじゃ、なんにも思いつかないよ！」

ゆうなちゃんも、わたわたしている。みんな「家族に彼氏を紹介する」という話には、興味シンシンだったから、自分のことのように心配してくれるんだけど……。やっぱり問題が重すぎて、いい解決方法が見つからないみたい。

そこへ、小倉まりんちゃんが「おはよー！」と教室へ入ってきた。

「まりん様〜〜〜!!」

やっぱりここは、恋愛相談のプロに聞くしかないよね!?

私たちは、登校してきたばかりのまりんちゃんを、大急ぎで取りかこんだ。

「なるほど……うん。そっか。ついにバレたのね」

大急ぎで事情を説明した私に、まりんちゃんは何度もうなずいてみせた。

「ど、どうしよう……どうしたらお兄ちゃんに……」

高尾とのこと、認めてもらえるんだろう。

あせる私に、まりんちゃんはあっさり言った。

「解決法はあるわよ」

「なになに⁉」

これには私だけじゃなくて、結衣ちゃんも、かのんちゃんたちなかよし三人組も、びっくりして身を乗りだした。

「反対されたから、なに？　カレカノに大事なのは結局、ふたりの気持ちだって、お姉が言ってた！」

まりんちゃんのお姉ちゃん、さすがだー！

私は、繰り返すようにつぶやいた。

「私と、高尾の、キモチ……」

「めげずに高尾とのLOVEを、つらぬきなさい！」

まりんちゃんにはげまされて、ちょっと勇気が出てきたけど、本当に「気持ち」だけでなんとかなるのかなぁ……。

「うーん……」

私はやっぱり、お兄ちゃんには、高尾とのことを認めてもらいたい。

そんなことばかり考えていたから、私はちっとも気づいていなかった。教室の少し離れたところで、この会話を浜名心愛ちゃんが聞いていたことを。

「なにそれ。おもしろぉい……」

心愛ちゃんは、クスクスと笑った。

次の休み時間、私は女子トイレで、心愛ちゃんに声をかけられた。

「花日ちゃんのお兄さんが言ってること、正しいと思うわ」

「え……」

手を洗っていたら急にそんなことを言われた。

視線を上げると、鏡に心愛ちゃんの姿が映っている。

「高尾くんと花日ちゃんは、ぜったいに別れるもの」

きっぱり言いきる。びっくりして、私は心愛ちゃんを振り返った。

「なんでそんなこと、わかるの!?」

「だって私たち、まだ12歳なのよ？」

それは……そうだ。だけど、それと私たちが別れるのと、どんな関係があるんだろう。

すると心愛ちゃんが、言葉をつないだ。

「結局、花日ちゃんがしてるのは、おままごと。本当の恋愛じゃないわ」

「そっ、そんなことない！　高尾と『ずっと一緒にいる』って、約束したもん！」

私は必死で否定した。でも、心愛ちゃんは、からかうような声で私に聞いた。

「へぇ……『ずっと』ってなに？　永遠に一緒ってこと？」

「うん」

大まじめにうなずいた私に、心愛ちゃんはどんどん質問してくる。

「じゃあ、永遠ってなに？　結婚して、一緒に住んだら永遠なの？」

結婚!?　いきなり出てきたその単語にドキッとしてしまう。

「ちょ、ちょっと待って、心愛ちゃん。心愛ちゃんの言うこと、むずかしいよ……」

「じゃあ、花日ちゃんにもわかるように言うけど。永遠なんて、ないのよ？」

心愛ちゃんは、私をなだめるように優しく言った。だけど、その言葉はきっぱりと強くて、なんだかこわい。

なにも言い返せなくなった私に、心愛ちゃんは、さらに優しい声でささやいた。

「誰かのことを、永遠に好きでいる……そんなの、おとぎ話の中でしかないの」

「そんな……」

どうして心愛ちゃんは、そんな悲しいことを、楽しそうに話すんだろう。

黙りこんでしまった私の目を見て、心愛ちゃんは言った。

「そうね。花日ちゃんと高尾くんが、ずっと一緒にいるって証明できるなら……高尾くんのこと、諦めてあげる」

ふふふ……と楽しそうに笑いながら、心愛ちゃんはトイレから出ていってしまった。

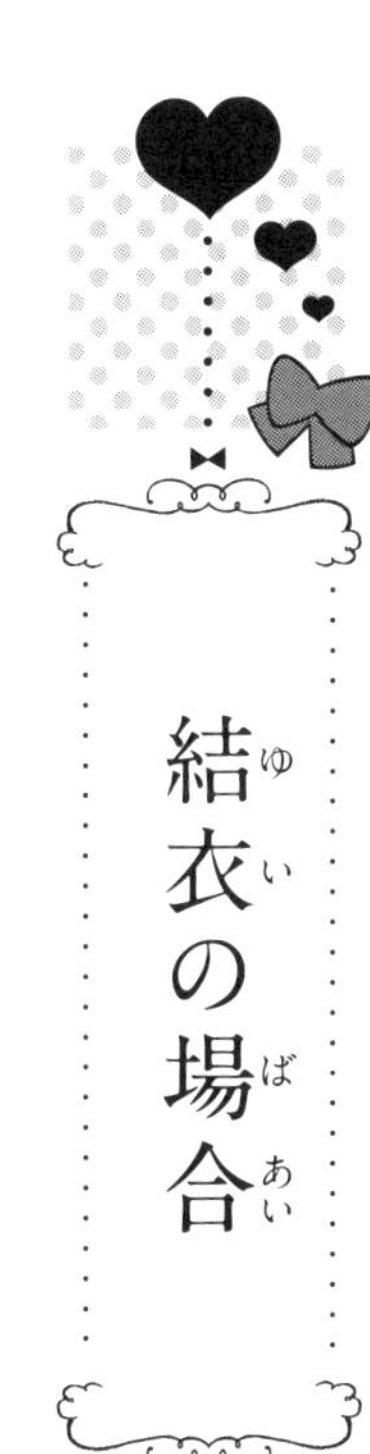

結衣の場合

私、蒼井結衣はゆううつな気持ちになっていた。

それは、親友の花日のこと。

お兄さんに高尾が彼氏だってバレて、大反対された花日は落ち込んでいた。

陽日さんは、妹の花日とよく似て小柄だけど、れっきとした大学生。そして花日のことをすごく大事に思っている、優しいお兄さんだ。

子どもだとばかり思ってた妹が、いきなり「実は、彼氏がいます」なんて言ってきたんだから、そりゃあ、お兄さんにしてみたらショックかもしれない。

でも私は、花日の悲しむ顔は見たくない。だから、お兄さんになんとか理解してもらえたらいいのに、って思ってしまう。

「蒼井……」

ぼんやり考えこんでいた私は、いきなり声をかけられて、飛びあがってしまった。

「ひゃあ！　ひ、桧山……？」

声の主は私の彼氏、桧山一翔だった。

「暗い顔して、どうしたんだよ。あ、もしかして、受け――」

桧山が何か言いかけていたことに気がつかずに、私は言った。

「花日と高尾、付きあってるの、お兄ちゃんにバレちゃったの！」

「えっ⁉」

これには、桧山もびっくりしたみたいだ。

「それで、大反対されて。花日、落ちこんでて……」

「でもさ、アイツらふたりがケンカしたとかじゃ、ないんだろ？」

そう聞かれて、私はうなずく。すると桧山は、あっけらかんと言った。

「なら大丈夫なんじゃねーの？　大事なのはさ、その……えっと……」

照れ屋の桧山が、言葉に詰まった。でも、言いたいことはわかる。

「うん。大事なのはおたがいの気持ちだって、まりんも言ってた」

「そ、そういうことだよ！」

ちょっと頬を赤らめた桧山は、軽く鼻をこすった。

でも私は、花日の気持ちを考えてしまう。

「だけど、ずっと反対されてたら……つらいよね。そのことが原因で、ケンカするかもしれないし……」

なかよしのお兄ちゃんが、自分の彼氏を認めてくれないって、どんな気持ちだろう。

──ううん。これは、花日と高尾に限ったことじゃない。

桧山のお母さんは、私のことを認めてくれて、すごく親切にしてくれるけど……。

もし、うちのお父さんが、桧山とのことを反対したら、どうなっちゃうんだろう。

それでも迷わず、お父さんの意見なんかまるっと無視して、桧山とずっと一緒にいられるんだろうか。

「ずっと一緒にいるって……すごく、むずかしいんだね……」

遠い目をして、私はぽつりとつぶやいた。

桧山は複雑な表情のまま、黙って私の顔を見ていた。


放課後。

私と花日は、公園に寄り道をしていた。

「ずっと一緒にいるって……むずかしいね」

私の言葉に、花日が黙ってこくりとうなずく。

「いま、私たちは12歳でしょ。オトナになる――成人するまで、あと八年……かぁ」

私がそう言うと、ブランコに腰かけた花日が、両足をバタバタさせた。

「それって、小学校にかよった時間より長いじゃん！　なんか想像できないよ～」

「ケンカしたり、誤解しちゃったり……そういうのが、これからもずっと続くんだよね」

「……うん」

「距離がはなれちゃうことも、あるかもしれないよね」

私が言うと、花日が急に、心配そうな表情になった。

「結衣ちゃん……？」

えいっとブランコをこぎながら、私は花日に告げた。

「先生に、中学受験しないかって言われてるの」

「え!? そ、それって、桧山は知ってるの？」

花日が目をまん丸にして、聞いてくる。私は「うん」とうなずいた。

「けど……なにも言ってくれなくて……」

もしも桧山が「受験なんかやめろ」って言ってくれたら、こんな悲しい気持ちにならないかもしれないのに。そう思ったら涙がにじんできて、声がふるえてしまった。

「そうなんだ……」

花日が、心配そうな視線を私に向けた。さっきまで、自分のなやみで頭がいっぱいだったはずなのに、私が落ちこんでいるとわかると、すぐに寄りそってくれる。

こういうところ、花日はすごく優しい。

「大切なのは、自分たちの気持ちだってわかってるけど……」

涙を手の甲でふいた私は、夕方の空を見あげた。

つられて隣のブランコの花日も、空を見ながらつぶやく。

「……ずっと一緒にいて、ずっと好きでいる……かぁ」

それがどんなにむずかしいことか、私たちは気づいてしまった。

どうしたら、いいんだろう……？


……・……・……・……


そしてこれは、私と花日が連れだって下校してしまったあとのこと。

学校の階段にひとり座りこんだ桧山に、上階から降りてきた高尾が声をかけた。

「蒼井と、何かあったの？」

「……あいつ、中学受験するかもって」

桧山は、高尾のほうは見ずに、ぶっきらぼうに言った。

「蒼井は、オレよりどんどん先に行ってんだよ」

「女子のほうがオトナになるの、早いからね」

不満げな桧山をなだめるように、高尾が笑顔で相づちを打つ。

「いつか蒼井は、オレからはなれて行くかもしれねえ。結局……オレがしてんのは、ガキの付きあいなんだよな」

自分の言葉に軽く傷ついた桧山は、背中を丸めた。

すると、高尾の表情から笑いが消えた。

「子どもが真剣に恋愛して、なにが悪いの？」

「えっ？」

意外な言葉に、桧山は驚いて顔を上げた。

「〝いま〟好きな人がいる。その一瞬一瞬を大切にする。そういう本気の恋愛に、オトナも子どもも、関係ないだろ」

高尾の揺るがない瞳に、桧山はただ圧倒されていた。

・・・・・・・⧓・・・・・・・⧓・・・・・・・⧓・・・・・・・

桧山が高尾とそんな会話を交わしているなんて、知るはずもなかった私は……。

塾でもまだ、ぼんやりと昼間のことを考えていた。

するといきなり目の前の空席に、三上稲葉くんがストンと座った。

そのままクルリとこちらへ振り返ると、稲葉くんは極上の笑みを見せる。

「結衣ちゃん、また、なやんでるでしょ？」

「え。どうしてわかるの？」

「スキな子がなやんでたら、すぐわかっちゃうもん☆」

「す、すすスキ!?　それ、まさかまだ……」

動揺した私に、稲葉くんはニッコリと笑ってみせた。

まさか稲葉くんって、まだ私のことスキなの……？

「もちろん」

私の心を見すかしたように、稲葉くんがうなずいた。

「そんな簡単に、気持ちは変えられない。結衣ちゃんも、そうでしょ？」

「え。わ、私……？」

動揺する私に、稲葉くんはまた笑った。

「それに、あのちんちくりんの彼氏くんも」

「ひ、桧山は、ちんちくりんじゃないもん！」

私の抗議なんか無視で、稲葉くんは言葉をつづけた。

「あいつ、言ってたじゃない。結衣ちゃんのことを泣かせてしまうかもしれない。けど、それでもずっと一緒にいるって」

そうだ。あの……稲葉くんと遊園地に行った日のこと。

私たちを追いかけてきた桧山は、稲葉くんの前で宣言してくれたんだ。


――蒼井が泣いていたら、いちばんに駆けつけるのは……オレだ。

そう言った桧山は、いつもよりもっとカッコよくて、まぶしくてドキドキした。

「オレ、けっこうアレには、グッときたよ」

稲葉くんは軽い口調で、でも本気の瞳でそう言った。

「……うん」

私も、アレにはグッときたよ。やっぱり桧山が大スキって、改めて実感した。

――ありがとう、稲葉くん。

なやみすぎて、つまずいてしまう私に、さりげなく元気をわけてくれて。

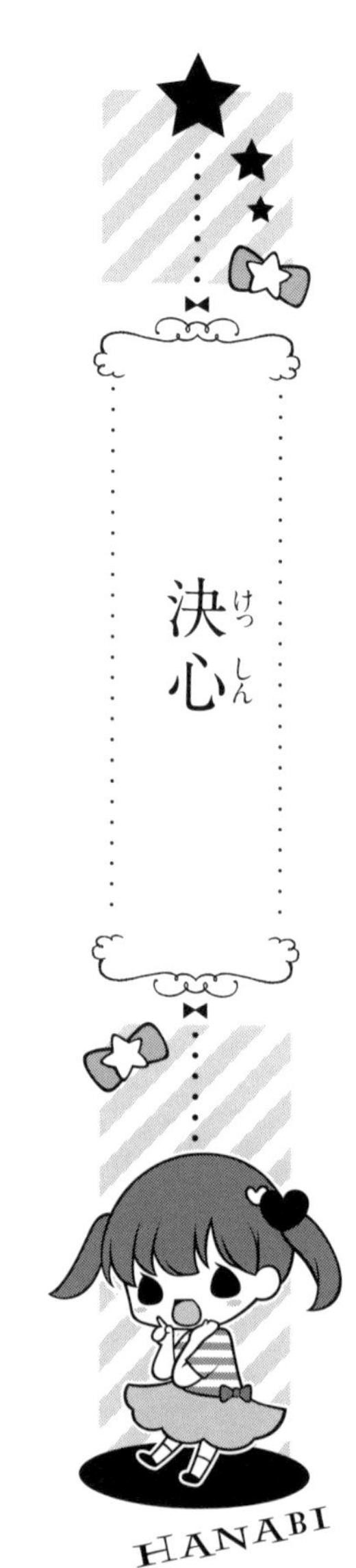

決心

私――綾瀬花日は、お母さんに頼まれた買い物メモを片手に、商店街を歩いていた。

「えっと、牛乳と鶏肉と……」

あれから、お兄ちゃんとは高尾の話はしていない。それどころか、家での会話も減ってしまった。でももう、あと数日でコンクールの日が来てしまう。

お兄ちゃんに渡そうと思っていた、合唱コンクールのおしらせプリントは、まだ私のランドセルに入ったままだ。

だって、プリントを渡しても、お兄ちゃんは来てくれないかもしれない。

もし来てくれたとしても、そこには高尾がいる。

いまの状態で、お兄ちゃんと高尾がなかよくなれるなんて、ありえないし……。

でも……でも本当は——。

そのとき、私の前を歩いていたお姉さんたちの足がとまった。

うつむいていた私は、おもわずぶつかりそうになって、あわててよける。

「あの子、すごくない？」

「やばい。ダンスうまい！」

お姉さんたちの声につられて歩道のすぐ先を見ると、そこに人だかりができていた。

「カッコいいー」

観客らしき人たちの間から、ため息がもれている。

人垣のすきまから奥をのぞいてみたら、パーカーのフードを頭にかぶったまま、踊っている男の子の姿が見えた。

激しいダンスで、頭のフードが落ちる。

——あれ？　あの子って……。

ついに曲が終わる。男の子はぴたりとポーズを決めて、動きをとめた。

「堤くん……」

私のつぶやきに、〝帝王〟ことクラスメイトの堤歩くんが顔を上げた。

「……花日？」


路上でのダンスを終えた堤くんは、冷えた缶ジュースを私のおでこにくっつけた。

「つめたーい！」

さっきまで踊ってた堤くんは暑いかもしれないけど、もう冬なんだからね！

「もう……」

私が頬をふくらませると、堤くんは面白そうに笑った。

「ところでお前、何してたんだ？」

「おつかい。堤くんこそ何してたの？　ダンスの練習？」

ああ、とうなずきながら、堤くんは缶ジュースをごくごく飲んだ。

「今度、ダンススタジオの発表会があるんだよ」

そういえば堤くんは転校前、東京でダンスを習っていたんだっけ。

でも今、私たちが住んでいるところには、ダンススタジオなんてなかったような……？

「またダンス始めたんだね！　もしかして、東京で？」

これにも、堤くんは静かにうなずいた。

地元から都内へ習いにいくのは、距離がけっこうあるから大変だけど、でも、そんなことはどうでもいいんだ、と堤くんは笑った。

「オレ、やっぱダンスしてるときが、いちばん楽しいんだよな」

「堤くん、ダンスがスキなんだね！」

「ああ。スキだ」

堤くんは、晴れやかにそう言って、缶ジュースを飲み干した。

「だから、引っ越したとかそういう理由で、あきらめたくない」

「あきらめたくない……」

私は、堤くんの言葉を繰り返した。

「スキだったら、あきらめちゃダメ……」

――うん、そうだよ。そうなんだよね！

私は腰かけていた花壇のへりから、勢いよく立ちあがった。

「私も、高尾がスキ！　大スキ!!」

「え!?　お、おう……」

いきなりの宣言に、堤くんは面くらったみたいだった。

だけど、そんなことにかまわず、私はつづけた。

「だから……心愛ちゃんにジャマされるとか、お兄ちゃんに反対されるとか、そんな理由で、高尾との恋をあきらめない!!」

「……へ？」

きょとんとしたままの堤くんに、私はバイバイと手を振った。

「堤くん、ありがとう！　私、勇気がわいてきたよ！」

なやんでる場合じゃない。私にとって大切なのは、高尾との約束だもん。

――ずっと一緒にいる。

そのためなら、どんな努力もする。

こぶしを握りしめて歩き始めた私の背中へ、堤くんの苦笑が飛んできた。

「……がんばれよ、花日」


買い物から帰ってきた私は、ランドセルからプリントを引っぱり出すと、リビングにいたお兄ちゃんのところへ走っていった。

「これ……！」

プリントを広げて、ソファに座ったお兄ちゃんの前に差しだす。

「なに？」

「合唱コンクールの案内」

お兄ちゃんが、片手でプリントを受け取った。でも、ただ黙ってそこに書かれた文字を見ているだけだ。

いつもならニコニコして「ぜったい行くよ！　応援してあげる！」って言ってくれるのに、今日はむずかしい顔をしたまま、なんにも言ってくれない。

「私、がんばるから。……ぜったい来てね」

祈るような気持ちで、私はお兄ちゃんの目を見つめた。


……・……・……・……


「――というわけで。合唱コンクールで、お兄ちゃんに会ってほしいの！」

「うん、いいよ」

翌日、学校で朝一番に高尾をつかまえてお願いしたら、あっさりOKされてしまった。

えっ、いいの……？　自分で頼んでおいて、びっくりしてしまう。

「勝手に決めて、ごめんね」

「いいって。オレは綾瀬の味方だって言ったろ」

そう言って、高尾がニッコリ笑った。うれしくて私もつられて笑ってしまう。

私たちのやりとりを、少し離れたところで見守っていた結衣ちゃんとまりんちゃんも、笑顔で声をかけてくれた。

「高尾に会ったら、お兄さんも安心するんじゃない？　しっかりしてるもん」

結衣ちゃんの言葉に、まりんちゃんも大きくうなずく。それから、恋愛アドバイザーの立場からコメントしてくれた。

「そうよ！　ずっとスキって約束してくれて、こんなにしっかり守ってくれそうな男、イマドキなかなかいないわよ～！」

そ、そうかな？　なんだか照れくさいよー。彼氏をほめられると、私までくすぐったい気持ちになってしまう。

私たちがそんな会話で盛りあがっているのを、心愛ちゃんはじっと見ていた。

イライラと爪をかむ心愛ちゃんのもとへ、取り巻きの女子が近づいてくる。

「ねえ、心愛ちゃん。アルトの練習したいから、伴奏やって？」

「心愛ちゃん、ピアノうまくていいなー。本番でも目立つし！」

笑いかける女の子たちに視線を合わせることもしないで、高尾の横顔だけをじっと眺めながら、心愛ちゃんは暗い表情でつぶやいた。

「……そんなの、どうでもいい」

「え……？　心愛ちゃん？」

不思議そうな顔をする女の子たちから、ぷいと顔をそむけると、心愛ちゃんはひとりで教室を出ていってしまった。

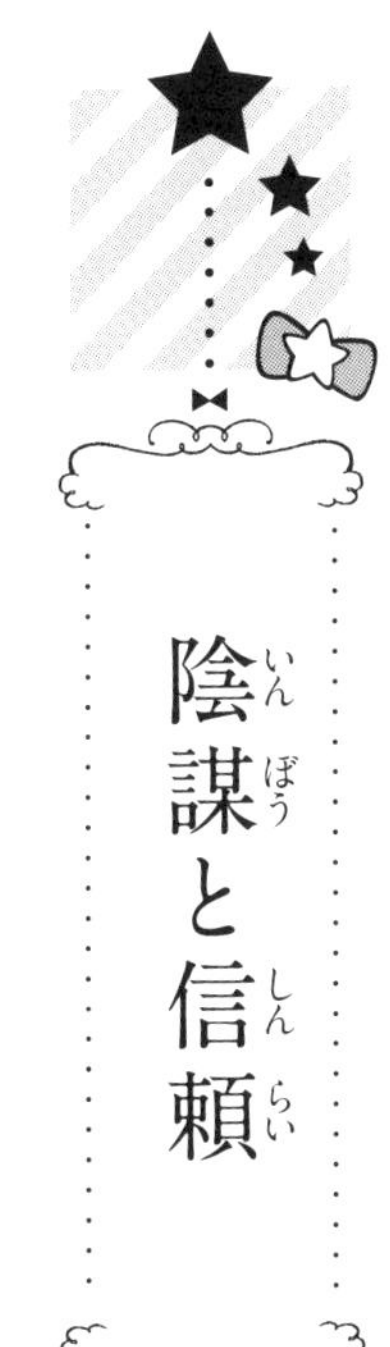

陰謀と信頼

ついに、合唱コンクール当日。

舞台セットが終わった体育館の二階から、私は保護者席をながめていた。

「お兄ちゃん……」

たくさんの保護者が集まって、だんだん椅子が埋まっていく。だけど、うちのお兄ちゃんの姿はまだ見えなかった。

「お兄さん、来た？」

「ううん、まだ」

まりんちゃんに言われて、私は力なく首を横に振った。

やっぱり、来てくれないのかな。

そんなに私と高尾のこと、許せないのかな……？

悲しい気持ちになっていたら、体育館の入り口に、お兄ちゃんの姿が見えた。

「お兄ちゃん！」

思わず大きな声を出したら、お兄ちゃんがこっちを見た。

——来てくれてありがとう。私、がんばるからね！


舞台では、五年生の歌が始まっていた。

それが終わったら、いよいよ六年生だ。一組の次、コンクールの最後を飾るのが、私たち六年二組だ。

舞台裏の暗がりに、クラスのみんなが集まり始めている。

——うー、緊張する！

歌もそうだけど、お兄ちゃんに、いつ高尾を紹介したらいいのかって、それを考えるとよけいに緊張してしまう。

――もうここまできたら、合唱が終わってから紹介するしかないよね。あっ、でも歌の途中でお兄ちゃんが帰っちゃったらどーしよう！

決心したのはいいけど、やっぱり「彼氏を家族に紹介」なんて、初めてのことだから、心臓がバクバクしてしまう。

舞台裏の一番奥、待機スペースに続く階段のすみに腰かけて、私はひとりで百面相をしていた。するとそこへ、心愛ちゃんがネコみたいにするりと近づいてきた。

かわいい笑顔で、心愛ちゃんは小首をかしげた。

「心愛、花日ちゃんのお手伝い、してもいいよ？」

「……え？」

私がびっくりしていると、心愛ちゃんはニコニコしながら言った。

「お兄さんに、高尾くんのこと、話してあげる」

「心愛ちゃん。お兄ちゃん、もう知ってるよ。私に彼氏がいること」

そう答えたら、心愛ちゃんはヤレヤレと首を左右に振った。

「ちがうわよ〜。心愛が言うのは、高尾くんの、わ・る・ぐ・ち」

「悪口？　ええっ!?」

……な、なんで？　どうして、そんなことをお兄ちゃんに言うの？

「評判の悪い男子と付きあってるって聞いたら、お兄さん、不安だろうな〜」

「え？　えっ？」

意味がわからなくて、ボーゼンとしている私に、心愛ちゃんはうふふ……と笑った。

「今より、もーっと反対されちゃうかもね？」

くるっと私に背中を向けた心愛ちゃんは、トントンと階段をおりて、客席のほうへ出ていこうとする。

「ちょっ、心愛ちゃん待って！」

そんなウソ、お兄ちゃんに言わないで。

「やめて……！」

心愛ちゃんをとめようとして、背中に手を伸ばしかけた、そのとき——。

「きゃあぁぁっ!!」

――え……？

いきなり心愛ちゃんの体がかたむいて、階段の下へ転げ落ちた。

とっさに床に手をついた心愛ちゃんは、次の瞬間、

「痛い！　痛ぁ～～～い!!」

右手首を押さえて、その場へうずくまってしまった。

心愛ちゃんの悲鳴にびっくりしたクラスのみんなが、わらわらと集まってくる。

「おい、浜名どうした!?」

トモヤに聞かれて、心愛ちゃんはますます大きな声を出した。

「やだぁ……手、痛い～！　これじゃ心愛、ピアノ弾けない～!!　ひどいよ、花日ちゃん。突き飛ばすことないのに……！」

――え……？

いきなりそんなことを言われて、私は混乱した。

「突き飛ばす？　おい綾瀬、ホントかよ！」

「ちがう!!　突き飛ばしてなんかないよ！」

エイコーに責められて、私はかぶりを振った。

だけど、心愛ちゃんは泣きながら、私のことをにらみつけてくる。

「なんで花日ちゃん、ウソつくの～？　痛い……手が痛いよ～……」

しゃがみこんだ心愛ちゃんのもとへ、女の子たちが駆け寄っていく。

「心愛、ピアノ弾けないってマジ？」

「うっそ……。どーすんの、うちら」

さわぎを聞きつけて、クラスの子たちがどんどん舞台裏に集まってきていた。

「おい、浜名以外に弾けるヤツいねーの？」

エイコーの呼びかけに、心愛ちゃんの取り巻きの女の子たちが首を横に振る。

「心愛ちゃんしか、練習してないもん」

その間にも、空気が険悪になっていく。

「綾瀬、なんてことすんだよー！」

「ひっでーな。暴力女じゃん」

「わ、私っ、突き飛ばしてないよ。たぶん、ちょっと肩がさわっただけ……」

本当は、さわったつもりもなかった。心愛ちゃんをお兄ちゃんのところへ行かせたくなくて、とめようとして、それで……。

そのとき、まりんちゃんと結衣ちゃんが階段の上に出てきた。

「みんな、ちょっと落ち着きなさいよ！」

まりんちゃんの鋭い声が響く。続けて結衣ちゃんも、みんなの顔を見回した。

「花日の話を、ちゃんと聞い——」

「あーん！　花日ちゃんのせいで、合唱コンクール出られないよー‼」

結衣ちゃんの声にかぶせるように、心愛ちゃんが泣き声を上げた。

すると、クラスのみんなが不安にざわめきだした。

「……やだ、うちら出られないの？」

「放課後も残って、めっちゃ練習したのに……」

「ふざけんなよ、綾瀬！」

「責任とれよ、まじで！」

怒りの声が、私の頭に降りそそいだ。

みんなの絶望が伝わってくる。足が震えてきて、ちゃんと立っていられない。

どうして、こんなことになっちゃったんだろう……。

どうしよう。どうしたら……？

――そのとき。


「や、やめろ――――っ!!」


舞台裏を、ひとりの声がつらぬいた。

「だ、誰っ!?」

声の主を探して、クラス全員がキョロキョロとあたりを見回した。

「え……？　い、委員長!?」

みんなの視線が階段の上に集まった。そこには、手すりを握りしめて肩を震わせている委員長の姿がある。

「いつも黙ってる委員長が、しゃべった!?」

びっくりするあんずちゃんの横で、かのんちゃんがボーゼンとつぶやく。

「初めて声、聞いたよ……」

息をのむクラスメイトの前で、委員長はメガネの下から大粒の涙をポロポロこぼした。

「最後の、合唱コンクールなんだよ……。ケンカ、やめようよ。せっかくクラスが、こんなにまとまってきたのに……。これで終わるなんて、イヤだよ！」

トモヤが、泣きじゃくる委員長を見つめた。

「アイツ、すげー恥ずかしがり屋なのに……」

それからエイコーと顔を見あわせて、ふたりで階段を駆け上がっていく。

てっぺんまで登りきると、エイコーとトモヤは委員長を両側から抱きしめた。

「がんばったなー！　委員長!!」

「カッコよかったぞ――！　よーし！　すんばらしい合唱で、６―２の団結力、見せてやろうぜ！」

盛り上がるエイコーたちとは裏腹に、階段の下では、他のクラスメイトたちが渋い顔をしている。

「でも、ピアノなしじゃ……」

「だよねぇ……？」

「伴奏なかったら、出られないよ」

ひそひそ声の後ろで、暗幕が揺れた。


「出られるよ。ピアノ伴奏がなくても」


クラスメイトの視線が、いっせいにそこへ集まった。

「高尾……」

振り返ると、暗幕をめくって、高尾が舞台裏へ入ってきたところだった。

「え？　ピアノなしで合唱すんのかよ？」

男子の声に、高尾はゆっくりとうなずいた。

「いいじゃん。伴奏なしで歌えるくらい、練習してきたし」

「そうだけど……」

不安そうなクラスのみんなに、高尾は落ちついた声で説明を始めた。

指揮をしっかり見て、歌だけで曲を再現すること。

音程さえちゃんとできれば、この「アカペラ」という伴奏なしの歌いかたで、じゅうぶん優勝がねらえること。

「え、これってけっこーカッコよくね？　うまくいけば、いい感じで目立っちゃったりするんじゃね？」

トモヤが楽しそうに言ったところで、クラスのふんいきが急に明るくなった。

ここでなぜか急にあわてだしたのは、心愛ちゃんだった。

「ちょっ、伴奏なしで出るつもり!?」

そんなのダメ、と言いかけた心愛ちゃんの肩を、かのんちゃんがポンポンとたたく。

「心愛ちゃん、ムリしなくていいよ」

「そーだよ。ゆっくり休んでて」

あんずちゃんがいたわるように言うと、ゆうなちゃんもガッツポーズをして見せた。

「心愛ちゃんのぶんも、私たち、がんばるから！」

「な……っ！」

なにか言おうとした心愛ちゃんを、みんなが待機スペースの椅子に座らせてしまう。

取り巻きの女の子たちが、置いてあった薬箱からシップを出して、心愛ちゃんの痛がっていた右手首にぺたりと貼った。

この流れをびっくり顔のまま見守っていた私のところへ、高尾が歩いてきた。

「高尾、あの……」

とまどう私に、高尾は優しく笑いかけてくれた。

「いいよ、なにも言わなくて。綾瀬、浜名になにもしてないんだろ？」

「……わかんないの。突き飛ばしたつもりは、なかったんだけど」

でも、心愛ちゃんが階段から落ちて、ケガをしてしまったのは事実だし……。

落ちこむ私の手を、高尾がそっと握ってくれる。

あたたかくて……大きい。大スキな高尾の手だ。

「大丈夫だよ。綾瀬は、なにもしてない」

「……うん」

大スキな彼氏が信じてくれる。それだけで私は、誰よりも強くなれるよ……。

「さあ、もうすぐ出番だよ」

高尾の笑顔につられて、私は笑いながらうなずいた。


……・……・……・……


『それでは、次は六年二組です』

放送係の先生が、マイクでアナウンスしてくれる。

クラス全員、緊張に顔をこわばらせながら、高尾の指揮棒を見ている。

ピアノの前に、伴奏者はいない。だけど私たちの耳には、いつも練習のときに心愛ちゃんが弾いてくれていた、ピアノの音の記憶がある。

高尾の腕が高く上がって、クラスみんなが、いっせいに大きく息を吸った。

慎重に、丁寧に……。練習のときのことを思い出して、私たちは静かに歌い始める。

声だけで、曲が進む。

ソプラノとアルトがキレイにからみあって、ハーモニーになる。
すごい……！　重なる音にうっとりする。歌いながら気持ちがよくなってきた。

——お兄ちゃん、聞いてくれてる……？

私ね、12歳になって、いろんなことを知ったよ。
初めて男の子にドキドキしたし、初めてスキって気持ち、伝えたいって思った。
たったひと言で安心したり、泣きたくなるほどうれしくなったり……。
目をつぶると、春からのできごとが、映画みたいによみがえってくる。
放課後の屋上で、初めてのキス。
足をケガしたときは、高尾が自転車の後ろに座らせてくれた。
七夕の天体観測。初めてのプールデート。神社のおまつり。色とりどりの花火。
それから……学芸会のあとで、そっとはかせてくれた、シンデレラのガラスの靴。
全部、高尾をスキになってからだよ。

こんな気持ちが自分の中にあったなんて、それまで知らなかった。
高尾と……ずっと一緒にいたい。こんな気持ち、生まれて初めてなんだよ。

――だから……お兄ちゃんに、知ってほしいの。

私たちの合唱は、いつのまにか終わっていた。
高尾の指揮棒が、ゆっくりとその動きをとめる。
直後、嵐のような拍手が巻き起こった。

……………⧓……………⧓……………⧓……………

私たちは、すごくがんばった。たぶん、いままでやったどの練習よりもうまく歌えた。
でも――結果は残念ながら、第二位。
だけど、伴奏なしのハンデがあったのに二位になれたなんて、すごいことだと思う。

授賞式が終わり、私たち六年二組は、おたがいの健闘をたたえあって解散した。

みんなそれぞれ、保護者や他のクラスの友だちのところへ駆けていく。そして私はといえば、大急ぎで体育館を見回して、お兄ちゃんの姿を探していた。

すると人混みの中に、見おぼえのある後ろ姿が見えた。

「お兄ちゃん！」

声をかけて近づいたら、そのすぐ隣にもうひとり、よく知っている人の姿が……。

それは、心愛ちゃんだった。

心愛ちゃんはケガで客席にいたから、授賞式でバタバタしていた私よりも前にお兄ちゃんを見つけて、話しかけていたみたい。

——まさか……。

さっき心愛ちゃんは、高尾の悪口を伝えるって言っていたけど……。

「……お兄ちゃん？」

おそるおそる声をかけたら、心愛ちゃんが振り返った。

「遅かったわね、花日ちゃん」

まさかとは思うけど、なんだかイヤな予感がした。

「心愛ちゃん……」

「高尾くんがどんなに悪い人か、お兄さんに教えてあげちゃった♪」

そう言いながら、ニコニコ笑っている。私は悲しい気持ちになってしまった。

「なんで、そんなことするの？　心愛ちゃん、高尾のこと好きなんじゃないの!?」

すると、心愛ちゃんの顔から笑いがスーッと消えた。

「……好きだからよ！」

キッと唇をかんで、心愛ちゃんはさけんだ。

「なにが、ずっと好きでいるって約束よ！　そんな守れもしない約束で、高尾くんのこと縛って……あんたサイテーよ!!」

「ちょっと、きみ」

お兄ちゃんが、心愛ちゃんをとめようとしている。

でも、それより前に、私は全力で心愛ちゃんに言い返していた。

「私……高尾のこと、縛ったりしない!!」

大声で言い放ってから、肩で息をついた。

声が大きすぎて、体育館に居残っていた子どもや保護者が、いっせいに私のほうを見たような気がするけど……もう、とめられなかった。

「もし、高尾の気持ちが変わっても……ずっとスキでいられなくても……仕方ないって思ってるよ」

視界のすみに、エイコーやトモヤ、椅子を片づけている結衣ちゃんのびっくりしたような顔が映った。でも、恥ずかしい気持ちは、いまはもうどこかへ行ってしまっている。

私は心愛ちゃんの目を見つめたまま、ゆっくりと言葉をつむいだ。

「……だって、人が人をスキになる気持ちって、がんばっても、とめられない」

「そ、そうよ。わかってるんじゃない。永遠に一緒なんて、無理——」

ひきつり笑いで応じる心愛ちゃんにかぶせるように、私はさけんだ。

「だから……！　高尾にずっとスキでいてもらえるように、私が、がんばるんだもん!!」

——ずっと一緒にいたいから、がんばるんだもん……。

言いきって、ほーっと息をついたら、後ろから名前を呼ばれた。

「綾瀬……」

振り返ったら、そこに高尾が立っていた。

高尾の優しいほほえみに、私の頬もついゆるんでしまう。

「高尾！」

駆け寄ろうとしたら、心愛ちゃんに肩をつかまれて、足どめをされてしまった。

「何よ、がんばるって！」

「心愛ちゃん……？」

私の両肩を手でしっかり押さえたまま、心愛ちゃんは、お兄ちゃんを振り返った。

「お兄さーん！　花日ちゃんてば、高尾くんとキスしたんですって！」

「ちょっと！」

彼氏のことだけでもNGなお兄ちゃんに、そんなこと言わないで！

あわてる私を無視して、わざと大きい声で心愛ちゃんは言った。

「ねー。こんなの、早く別れさせるべきですよねー？」

「……家族の問題だから、きみは黙ってて」

勝ち誇る心愛ちゃんを、お兄ちゃんが低い声でたしなめる。

けれど、私の肩を何度も右手でたたきながら、心愛ちゃんは繰り返した。

「はぁ⁉　お兄さん、花日ちゃんのためですよ？　ほらっ、早く別れさせないと――」

そのとき、お兄ちゃんが小さな声でささやいた。

「……右手、もう大丈夫なの？」

サッと心愛ちゃんの顔色が変わる。

「あ……」

「ケガしてないの、クラスのみんなにバレちゃうよ？」

「えっと、これは……」

いきなり心愛ちゃんの声がしぼんだ。

言われてみればはさっきから、心愛ちゃんは痛いはずの右手を何度も使っていた。

――あれ？　ということは、もしかして心愛ちゃん、本当にケガしてないの？

クラスの子の視線が、シップを貼った右手首に集まる。すると心愛ちゃんは、いきなり自分の手首をグッとつかんで、ヨロヨロと後ずさりを始めた。

「い、痛い！　また痛くなってきた～!!　う、うそじゃないわよ!?」

そんなことを言いながら、逃げるように体育館から出て行ってしまった。

心愛ちゃんの後ろ姿をポカンと見送っていた私の肩に、お兄ちゃんの手がかかる。

「行こう」

「……え？」

――でも、高尾が……。

オロオロする私と、高尾の視線がぶつかった。

でも、お兄ちゃんは高尾には気がつかずに、

「ちょっと、ふたりで話そう」

そのまま私の肩を抱いて、強引に体育館から出てしまった。

体育館から中庭に出たところで、私はお兄ちゃんの手をふりほどいた。

「お兄ちゃん！　心愛ちゃんが言ったこと、違うよ。高尾はいつも私を守ってくれて……

とにかく、話せばわかるから！」

必死に説明しようとする私に、お兄ちゃんはうっすらと笑った。

「わかってるよ。花日が好きになる子が、悪い子なわけない」

「……じゃあ」

「でも、やっぱりオレは反対だよ」

お兄ちゃんの声は、固く冷たかった。

「もう少しオトナになってから、付きあうことはできないのかな？」

「お兄ちゃん……」

「花日が傷ついたらどうしようって、思ってしまうんだよ。高尾くんがどんなにいい子でも、そう思うんだ」

悲しそうな瞳で、私を見る。

そこから、お兄ちゃんの心が流れこんでくるみたいだった。

――こんなに心配してくれるお兄ちゃんに、心配かけたくない。けど……。

私はぐっと目をつぶり、両手を体の前で握りしめた。

「……ありがとう、お兄ちゃん。でも、それでも私は、高尾がスキなの」

お兄ちゃんが、息を飲むのがわかった。

「オトナからしたら、子どもっぽくて、ホントの恋じゃないって言われるかもしれない」

「…………」

「だけど、私……初めてだから、これが子どもの恋なのか、よくわかんない」

——12歳の恋。

幼いって言われるかもしれない。だけど私たちには、これが精一杯の恋だから。

「私ね、初めて誰かのそばにいられるようになりたいって、がんばりたいって思ったよ。

お兄ちゃんが言うように、もしこの恋で傷ついたとしても、私、ぜったい……」

まっすぐ顔をあげて、私はお兄ちゃんを見た。

それから今、こっちに向かって歩いてきている、大スキな人に視線を移す。

「……高尾をスキになって、よかったって思うよ」

目を見てそう言ったら、少しはなれたところから、高尾がほほえんでくれた。

お兄ちゃんが私を見て、まぶしそうに目を細める。

「……いつの間にか、オトナになってるんだな」

「え？」

お兄ちゃんに、オトナあつかいされるなんて、生まれて初めてだよ。

浮かれてしまった私を落ち着かせるみたいに、お兄ちゃんはコメントを追加した。

「少しだけどね」

それからお兄ちゃんは、おもむろに腰に手をあてると、私に人さし指を突きつけた。

「いいか!? 門限は六時！ 彼氏と出かけるときは、ちゃんと行き先を言うこと！ 家族にヒミツは作らない！」

「……へ？」

いきなり出された条件にびっくりして、事情がうまく飲みこめない私に、お兄ちゃんはニッコリ笑いかけた。

「約束、できる？」

つまり、これが約束できれば、高尾とのデートを許してくれるってこと？

「はっ、はいっ」

私はドキドキしながら、あわてて敬礼をしてみせた。

「それから、お父さんとお母さんにも、ちゃんと言うこと！」

「はいっ！」

もう一度ビシッと敬礼してみせてから、私はお兄ちゃんの腕の中へ飛びこんだ。

「お兄ちゃん……大スキ!!」

「花日……」

お兄ちゃんの手が、私の頭を何度もなでる。ずっと私を守ってくれた手だ。

お兄ちゃん……私の恋を認めてくれて、ありがとう。

――なんて、感動していたのも一瞬で……。

「OK出たね！」

「花日、よかったね！」

笑顔のまりんちゃんと結衣ちゃんが、わっと中庭に飛び出してきた。

それとほぼ同時に、

「ヒョー!!　ついに結婚ですっ！　結婚の許可がおりました――っ!!」

「今のお気持ちは⁉　式はいつですか⁉　引き出物の中身は⁉」

さすがというかお約束というか、カレカノ新聞取材班のエイコーとトモヤが、早くもマイクがわりの鉛筆を握って、スクープ記者っぽく迫ってくる。

その後ろには、「司会はおまかせ」なんてボードを掲げている委員長もいる。

「ちょっと、結婚って、まだそこまで許してないからね！」

怒ったお兄ちゃんがエイコーたちを追い払っていると、高尾が私の隣に立った。

「新郎の登場だー‼」

「おめでとー高尾！」

はやしたてるエイコーとトモヤをにらんだお兄ちゃんは、振り返って高尾を見た。

「高尾くん……か」

言われて高尾は、礼儀正しく頭を下げた。

「はい。高尾優斗です」

するとお兄ちゃんは、なぜかムーッとふくれ始めた。

「お、お兄ちゃん？」

「なんで花日ひとりにがんばらせたんだ！」

「ちょ、お兄ちゃ――」

私の制止を無視して、お兄ちゃんは高尾につかみかかろうとする。

「花日はきみを認めてほしくて、あんなに健気にがんばったのに……！」

半泣きのお兄ちゃんに、高尾はもう一度「すみません」と静かに頭を下げた。

「オレがいると、話しづらいと思って。だって、お兄さんが反対していたのは、綾瀬のことが心配だったからでしょう？」

「………」

高尾の言葉に、お兄ちゃんは黙りこんだ。

「それに……綾瀬のお兄さんだから、綾瀬と同じで、話したこともない人を嫌ったりしないと思って」

そう言われてお兄ちゃんは、照れくさいような、くすぐったいような顔をした。

「……高尾くん」

「はい」

「今度、うちに遊びにおいで」
お兄ちゃんは、初めて高尾に笑顔を見せた。

子どもの恋でかまわない。
だけど、この気持ちは本物だから……。

高尾とずっと、ずっと一緒にいたい。
綾瀬花日――12歳です!

・・・・・・・⧓・・・・・・・⧓・・・・・・・⧓・・・・・・・

帰り道。私と高尾と一緒に歩いていたお兄ちゃんが、ふと思い出したように言った。

「あ。そういえば、あの心愛って子がさっき言ってたけど……」

首をかしげた私に、お兄ちゃんは軽い口調で聞いてきた。

「キスなんて、してないよね？」

…………。

私が聞こえないふりをしていたら、なにかを察したお兄ちゃんが高尾にすがった。

「ウソだよね？」

もちろん高尾もそれには答えずに、そっとあさっての方向へ目をそらす。

とたんに、お兄ちゃんの顔色が変わった。

「……ねぇ。ウソだよね？　ウソって言って、マジで――!!」

第24話

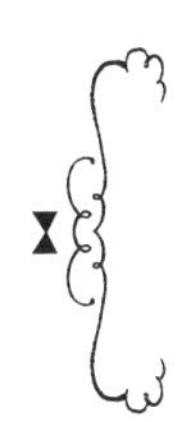

ダイスキ

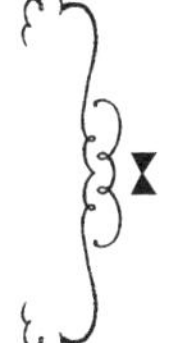

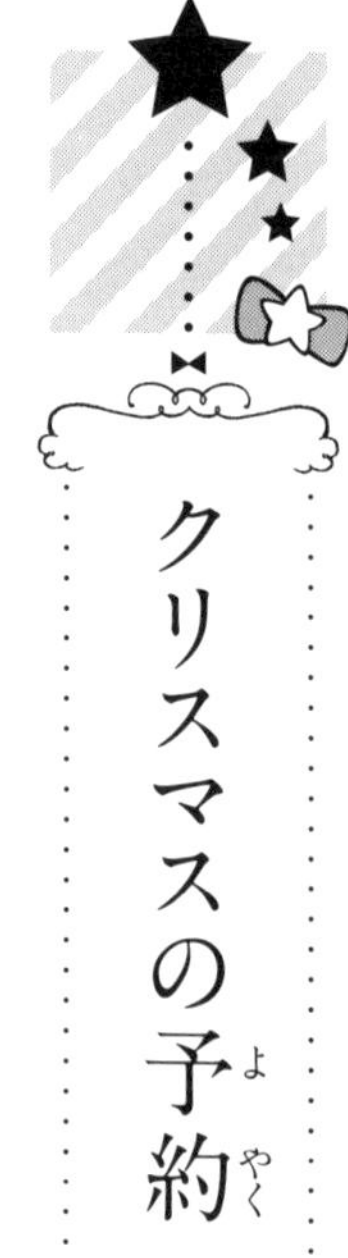

クリスマスの予約

私、綾瀬花日は怒っていた。

「結婚間近か、って……なんなの、この見出し！」

教室の後ろに貼りだされている大きな紙は、その名も「カレカノ新聞・号外」。

ついこの間、終わったばかりの合唱コンクールでのできごとが書いてある。でも、うちのクラスが第二位だった、なんて記事ではなく……。高尾と私がうちのお兄ちゃん公認のカップルになって、早くも結婚か⁉　なんていう恥ずかしすぎる内容だ。

毎回、強引な突撃取材で勝手に記事を作っているのは、エイコーとトモヤのお調子者コンビ。これにメガネの委員長が加わると、お調子者トリオになる。

「エイコ―――!!」

「べっつに、ウソは書いてねーだろー！」

私の抗議なんてぜんぜん気にしない顔で、エイコーが言い返してくる。その隣では、

「そーそー。『ついに新婦のお兄様のお許しももらって、もうふたりの間を隔てるものはなにもない！』。どーよ、いい記事じゃん！」

トモヤがうっとりと記事の文章を読みあげている。

ふたりの後ろでは委員長が、妙に達筆な文字で「寿」と書かれたボードを出していた。

「もー、結婚するしかねーだろ！　ハッピーウエディング！　うひょー！」

エイコーがゲラゲラ笑いながら、トモヤの薬指に指輪をはめるジェスチャーをした。トモヤはトモヤで女子っぽく喜んでみせて、エイコーと腕を組みながら教室を出ていく。

「もーっ！　妄想が進みすぎだよ！」

「ま、たしかに順調よねー」

私がぷんぷん怒っていると、恋愛マスターの小倉まりんちゃんが、横から顔を出した。

「合唱コンクールも終わって、難関のお兄ちゃんもクリアして……。残るは、カレカノ的

ビッグイベント『クリスマス』をクリアするのみね！」

――ク、クリスマス！

去年までは家族みんなでケーキを食べて、家庭内でプレゼント交換するだけのイベントだったけど、高尾優斗という彼氏がいる今年は、なんだか特別な響きがあるよ！

「彼氏とのクリスマスは、女子のあこがれでしょ。しっかりおしゃれして、スペシャルなクリスマスデートを楽しんじゃいな！」

まりんちゃんに、どーんと背中を押されたけど……。

カレンダーを見たら、今年のクリスマス・イブは土曜日だった。しかも、その前に冬休みに突入しちゃうし、カレカノ新聞のせいで、私たちの会話はみんなの注目の的だ。

こんな状況で、高尾のクリスマスの予約なんて、取れるのかなあ……？

「まず、高尾がひとりになるところを狙って、イブの予約を取るのよ！」

まりんちゃんのアドバイスで、私はいま、休み時間の廊下をじっと見つめていた。

視線の先には、廊下を歩いていくターゲット・高尾がいる。

突撃予約部隊の私と、その助手役の蒼井結衣ちゃんは、忍者みたいに高尾を追った。

そのとき、高尾の足がとまった。壁の掲示物を見ているみたい。——チャンス！

「花日、がんばって！」

結衣ちゃんにはげまされながら、そーっと高尾に近づいたつもりだったけど……。

「綾瀬……？」

あっさり見つかって、私はワタワタしてしまった。

「え……えっとー……」

——クリスマス・イブ、あいてる？

たったそれだけの言葉が、口から出てこない。

「えっと、えっと……と、とー……」

——言えない！　なんか恥ずかしくって、デートしようって言えない!!

「どうしたの？」

「いや、その……えーと、と、あっトナカイ！」

きょとんとする高尾に、私は苦しまぎれの質問をぶつけた。

「高尾、トナカイ？　トナカイ好き⁉」

「トナカイ？　あんまり意識したこと、なかったなぁ」

……だよね、うん。

「じゃ、じゃあ、モミの木はどう？　あ、あと……ケーキとか。サ、サンタとか？」

じわじわ連想ゲームみたいに単語をつなげていくと、高尾はピンときたみたいだった。

「ん？　もしかして、クリスマス？」

「あ。う、うん！　こ、今月の二十四日……私、ヒマなんだよね。だから……その……」

必死に次の言葉を考えていた私に、高尾がクスクスと笑った。

「ごめん、ごめん。きちんとさそおうと思ってたよ」

――えっ⁉

目を丸くしていたら、高尾が上半身を少しかがめて、私の顔をのぞきこんだ。

「綾瀬花日さん」

改まった感じでフルネームを呼ばれて、ドキッとした。

「……はい」

「クリスマス、オレとデートしてください」

これって、高尾からのクリスマスのおさそい？

「は……ハイ……！」

すごい。ばっちり予約、取れちゃった！

廊下の向こうで、助手の結衣ちゃんがピースサインをしている。

私もこっそり、結衣ちゃんにピースを返した。

綾瀬花日　12歳。

彼氏ができて初めてのクリスマスは、なんだかスペシャルな予感です！

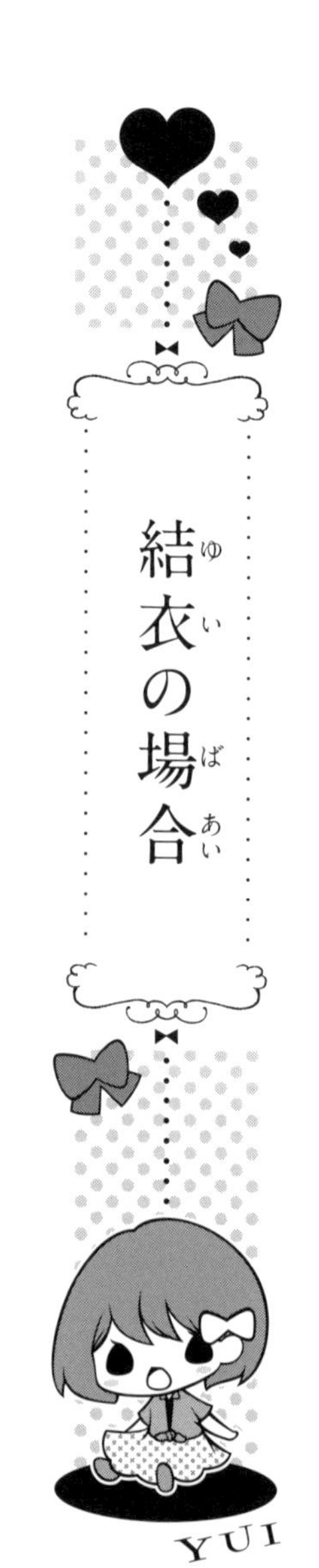

結衣の場合

親友の花日は、廊下で彼氏の高尾をつかまえて、無事クリスマスの予約を入れた。

どうやって声をかけようか、なやんでいたのがウソみたいな明るい笑顔だ。

「花日、よかった……」

ホッと息をついていたら、

「今度は、結衣ちゃんよ」

「えっ？」

いきなり背後から声をかけられて、心臓が喉から飛びだしそうになる。

振り返ると、まりんが立っていた。

「桧山とデート、したいんでしょ？」

「う、うん……」

でも恥ずかしい。……ううん、花日もがんばったんだし、私も勇気を出さないと！


次の休み時間。

桧山を探しながら、ひとりで階段を降りていた私に、いきなり声がかかった。

「……蒼井」

壁の陰から顔を出して、手まねきしているのは、なんと桧山だった。

すごい偶然！　探してた相手から声をかけてくれるなんて。これはもう、いますぐ予約を取るべきなんじゃない？

そんなことを考えていたら……。

「お前、なかなかひとりにならねーから」

「え……？」

桧山が自分のポケットから、茶色い封筒を引っぱりだした。

ぶっきらぼうに差しだされたそれを受け取って、中をのぞいてみたら、近くにある人気の遊園地のチケットが入っていた。

「家の手伝いがんばって、こづかい貯めたんだ」

「二枚、ある……」

私が封筒を見てつぶやくと、桧山はちょっと赤くなりながら、ぼそっと言った。

「二十四日、空けとけよ」

うそみたい……桧山から、さそってもらっちゃった！

「……うん！」


——蒼井結衣、12歳。

大スキな彼氏との、初めてのクリスマス。

神様ってやっぱり、本当にいるかもしれません。

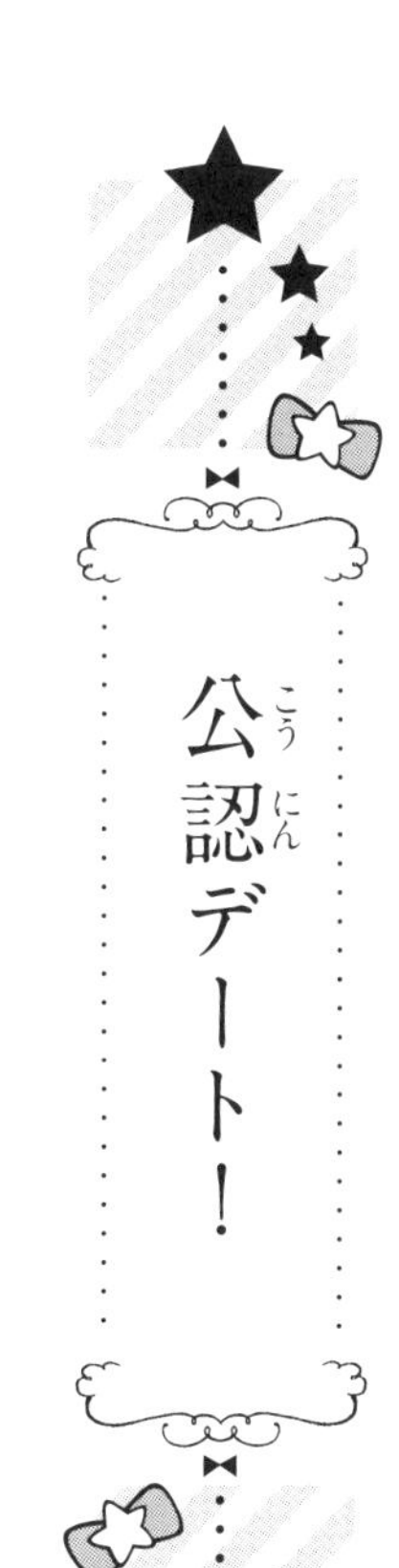

公認デート！

今日は、待ちに待ったクリスマス・イブ。

いつもより念入りにおしゃれをして、大スキなうさぱんだマフラーを首に巻いた私が、玄関で靴をはいていると、外の門のあたりから、お兄ちゃんの声が聞こえてきた。

「いいか。あまり遠くまで行かないこと！　何かあったらすぐ、オレに連絡すること！あとは――」

「お待たせ、高尾！」

玄関を出たら、家の前で門番みたいに立っていたお兄ちゃんが、私を迎えにきた高尾にいろいろな注意をしていた。

私に気づくと咳ばらいをひとつして、お兄ちゃんは高尾に目くばせした。

「高尾くん、花日を頼んだよ」

「はい。きちんと家まで送ります」

私の頭上で、お兄ちゃんと高尾が会話してる……これって、新鮮！

家族公認って、こんなに心がぽかぽか暖かくなることなんだね。うれしくて、自然と笑顔になっちゃうよ。

「ふたりとも、気をつけてな！　クリスマスだし……今日のハナビは、特別だぞ」

「………？　行ってきまーす！」

お兄ちゃんに手を振って、私は高尾と一緒に歩きだした。


私たちの目的地は、街の中心にあるショッピングモール。

大きな室内通路の左右に、専門店がいくつも並んでいる。

その店先がみんな、クリスマスツリーやリース、サンタの人形や雪だるまで飾られている。全館に共通でかかっている音楽も、クリスマスソングのメドレーだ。

「すごいね。クリスマスムード全開だ」

高尾が楽しそうに周囲を見回している。天井から下がった大きな雪の結晶のモビールに見とれながら、私も高尾の言葉にうなずいた。

「ワクワクしちゃうね！　カップルもいっぱい！」

今日は土曜日だから、お休みのオトナも多いんだろう。

私たちよりずっと年上の恋人同士っぽい人たちが、肩を寄せ合って歩いている。

「クリスマスだからね。そうだ、はぐれないように——」

一歩前を歩いていた高尾が、スッと右手を私の前に出した。

人の波に流されそうになっていた私は、その手にしがみついた。

「あはは……なんか子どもっぽくて、ごめんね！」

私があやまると、高尾が首を横に振った。

「いいの。手をつなぎたいだけだから」

「高尾……」

つないだ手から、高尾の熱が流れこんでくる。

「クリスマスプレゼント、買うんでしょ？」

通路を歩きながら、高尾が聞いてくる。私は大きくうなずいた。

「おたがいに選びあいっこするの。いいでしょ？」

「うん。面白そうだ」

ふたりでしばらく歩いて、相手が何が欲しいか、それとなくリサーチする。そのあと時間を区切って、それぞれプレゼントを買いに行く。準備ができたら、カフェかどこかで交換会――というのが、事前に決めておいた今回のデートのルールだ。

まずはリサーチ！　ということで、お店の前の通路を歩きながら、私は高尾に聞いた。

「マフラーがいいかなぁ？　あ！　耳あてはどう？」

「綾瀬が選んでくれるものは、なんでもうれしいよ」

高尾は、さわやかに笑う。

うーん……それは、すごく光栄なセリフなんだけど……。

「でも、なんでもいいよっていうのが、いちばん困っちゃ――」

そこまで言いかけてハッとした。それから私は人混みを、何度もきょろきょろ見る。

「綾瀬……？」

けげんそうな高尾に、私はビシッと指をさした。

「高尾、いまカッコいいこと言ったよね？　ゴロク、連発したよね⁉」

「え。そ、そう？」

発言した本人に自覚はないみたい。だけど、私がキュンとしちゃったくらいだから、これはもう絶対、ゴロクになっちゃうレベルだ。ということは……。

私はもう一度、あたりを念入りに見回した。でも、やっぱり変な気配はない。

「おかしい……。デートしてると、いつもここらへんで、誰かにジャマされるのに」

「大丈夫。誰もいないみたいだよ」

心配しすぎだよ、と高尾が笑いながら、私を見た。

「そっか。よかったー！」

あの号外のインパクトが強くて、つい……。でもやっぱり、考えすぎだったのかな。

私はホッと胸をなで下ろすと、高尾と手をつなぎ直した。

・・・・・・・⋈・・・・・・・⋈・・・・・・・⋈・・・・・・・

だから……ここから先は、私の知らなかったこと。

私と高尾が通りすぎたあと、脇道通路からは、不自然にくぐもった声が聞こえていた。

「モガ……モガ――‼」

それは、マフラーで口を押さえつけられた男子三人。正確には、口をふさがれているのは男子ふたりで、エアマイクのエイコーと、チェキ係のトモヤ。あともうひとり――無口な委員長は床に転がされたまま、涙ながらに「機会損失」のボードを出している。

一方、マフラーの主は堤歩くんだ。

帝王の華麗な口封じに屈したエイコーとトモヤは、しばらくしてようやく、マフラーを口からはがすことに成功した。

「堤！　なんで邪魔するんだよ！」

「そうだ！　絶好の乱入タイミングだったのにー!!」

文句を言いまくるエイコーたちに、堤くんは白けたような視線を向けた。

「お前ら……今日、クリスマスだぞ？」

「それがどうした！」

堂々と胸を張る三人組に、堤くんはがっくりと肩を落とした。

「そんな日に彼女もなく、やることがリア充カップルの邪魔って……痛すぎるだろ」

冷たい声で言われて初めて、三人は自分たちの情けない姿に気づいたみたいだった。

「た、確かに！」

そのとき、委員長がサッとボードを裏返した。

そこには――「レッツパーティー漢」の文字がある。

「………」

その文字列をじっと見つめてから、エイコーとトモヤはニヤリと顔を見合わせた。

「おっしゃー――！　漢のクリスマス、やってやんぜー――っ!!」

「まずは、漢らしい食い物を調達だ!!」

漢らしい食い物……それがなにを指すのか、まったく想像がつかないし、どこで調達するのかもよくわからないが……。

「よーし行くぞー！　堤も来いよ――!!」

なんで自分が？　と思いながらも、さわがしい取材陣からクラスメイトを守れたらしいことに、堤くんは少しだけ満足する。

――とっさの判断にしては、我ながらうまくやれた。最後に一瞬、高尾と目があったような気もするけれど……。

それからふと、自分のとった行動を思い出して、苦笑した。

「なにやってんだかな……」

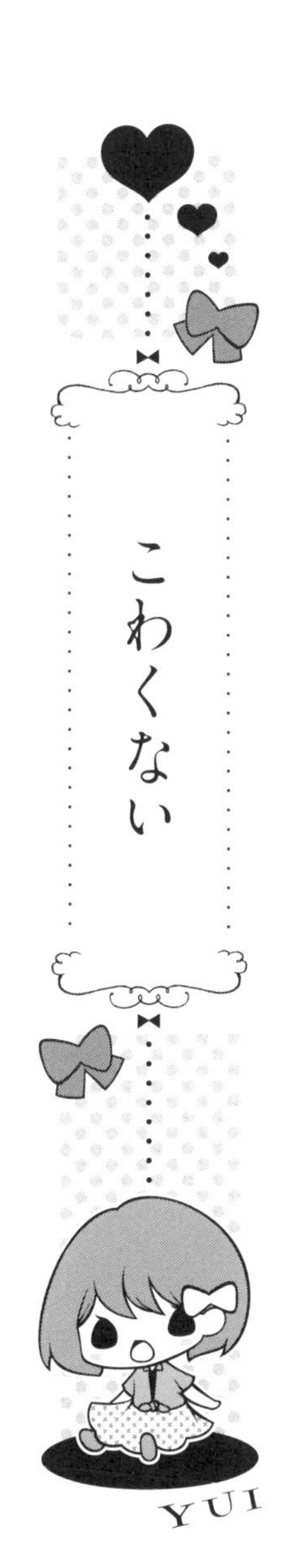

こわくない

今日は待ちに待ったクリスマス・イブ。

いつもよりおしゃれをがんばった、私――蒼井結衣は、彼氏の桧山と一緒に、遊園地の敷地内に立っていた。

アトラクションのあちこちに、クリスマスの飾りがついている。広場の真ん中にある時計塔は、今だけは時計のついたクリスマスツリーに変身して、みんなに時を告げていた。

まだ、午前十一時。これからのデートのことを考えると、いろんな意味でドキドキが止まらないのですが……。

桧山は遊園地の案内パンフレットをばーっと広げて、アトラクションをどうやって乗ると効率がいいか、ぶつぶつと考えはじめている。

「まず、観覧車だろ？　あと、おばけ屋敷はハズせねーよな！」

よ、よりによって、それ……!?

「やめてー！　私、高いところも、おばけも苦手って知ってるでしょ!?」

その場にしゃがみこんでしまった私の腕を、桧山がぐいっと引っぱりあげた。

「ダーメ。ぜってー行くし！」

「桧山ぁ〜〜〜」

うらめしい気分で名前を呼んだら、桧山の顔が急に近づいてきた。

「大丈夫、こわくないから」

「……え？」

聞き返した私に、桧山は耳まで真っ赤になって、ぷいっと横を向いた。

「だって、ひとりじゃねーだろ？　ほら、行くぞ！」

それだけ言って、ひとりでどんどん歩いていってしまう。

「もー……」

……ホントに、桧山って勝手なんだから！

そんなことを思いながらも。

つい口もとが笑ってしまうのを、私はどうしてもとめられなかった。


ついに、乗ってしまいました観覧車……。

修学旅行のスカイツリーで、外の景色が見られなかったくらいの高所恐怖症の私が、風でたまに揺れたりする観覧車なんかに乗って、平気なわけがなかったのに。

ぐんぐん高度を上げていくゴンドラの中で、私はすっかり恐怖に震えていた。

ガチガチにかたまって身動きがとれない私とは正反対に、桧山は外の景色を指さしながら歓声をあげた。

「おー、よく見えるなー！　あ。あれ、うちの学校かな？　なぁ、蒼井？」

そんな質問ふられたって、外なんかまったく見られないよー！　こわくて！

うー。さっきの桧山の「大丈夫」にポーッとして、なんとなく自分でも、これくらいはこわくないはずって思ったんだけど……。

「……ご、ごめん」

やっぱりこわかった。

それに、せっかくのデートなのに体がこわばって、ぜんぜん笑えない。

すると、桧山がそっと立ちあがって、対面から私の座席のほうへと移動してきた。

「………！」

ゴンドラの重さにかたよりが出て、私の側が少し沈んだ。

と同時に、桧山が私のこわばった手をぎゅっと握った。

「ひ、桧山っ⁉」

あまりに急な行動に、私の思考回路はパンクしそうになる。

「蒼井の手、冷てぇ！」

でも桧山は、ぎゅっとつかんで持ちあげた私の手を、そのまま自分のコートのポケットに突っこんだ。それから、私の目をみて笑う。

「ひとりじゃねーって、言ったろ？」

「……うん」

こわがる私をはげますように、桧山がポケットの中の手をぎゅっと握ってくれた。

それだけで胸がドキドキして、さっきまでの体のガチガチが吹き飛んでしまう。

「悪いな。どうしても、見せたかったんだよ。……ほら、見てみろよ」

「う、うん……」

桧山にうながされて、私はそーっと顔を窓の外へ向けた。

すると、うすい水色の冬空の下、ミニチュアみたいな街並みが広がっているのが見えた。

「わぁ……よく見える！」

「あれ、蒼井のマンションじゃね？」

桧山が、少し離れたところに建つビルを指さした。

「あ！　桧山の家の煙突！」

背の低い一戸建てがつづく住宅街にひとつ、長い棒が見えた。銭湯の煙突だ。

「おー！　すげ――！」

桧山が隣で笑うと、私もつられて笑ってしまう。

……不思議。桧山と一緒なら、高いところも私、こわくないみたい。

桧山が守ってくれるってわかってるから、安心できるのかな。


フリーパスチケットで、遊園地のアトラクションに乗りまくっていたら、すぐに夕方になってしまった。

遊び疲れた私は、丸いオブジェみたいな椅子に座って、ソフトクリームを食べていた。

さすがに年末の夕方は冷える。陽が落ちると一気に気温が下がってきた。

「うう……寒い……！」

舌先でソフトをなめとりながら、私はぶるっと体を震わせた。

「だから、やめとけって……」

桧山が、あきれ顔で私を見た。でも、いいの。

「彼氏と遊園地でソフトクリーム食べるの、夢だったんだもん！」

私がそう主張すると、桧山はぐっと言葉に詰まった。

「……だから、いいの」

自己満足だけど、しあわせなんだもん。

すると突然、隣の椅子に座っていた桧山が、コートを脱いで立ちあがった。そして震える私の肩に、そっとコートを着せかけてくれる。

「桧山⁉　いいよ、寒いでしょ！」

「ぜんぜん。暑いくらいだし」

セーター一枚になった桧山は、自分の椅子に戻ってそっぽを向いてしまった。

すごくうれしいけど、桧山は意地っぱりで、すぐに無理をするから心配……。

「あ、じゃあ、こっち来て！　くっついたらきっと、あったかいよ！」

私は自分の座り位置をずらして、座面を半分開けた。

「ほら！」

ソフトクリームを持っていないほうの手のひらで、オブジェをとんとんとたたく。

「いまなら私が座ってたところ、まだちょっとあったかいし！」

「で……できるか！　そんなこと！」

なぜか顔を赤くして、桧山はますますそっぽを向いた。

「さっさと食えって」

「うん……」

私は仕方なく、ふたたびソフトクリームをなめ始めた。

桧山がゆずってくれない以上、私が急いで食べ終えて、一刻も早く桧山にコートを返すしか他に方法がないもんね。

そんなことを考えていたら、なんだか笑いがこみ上げてきた。

「……楽しい」

私のひとりごとを、桧山が「え？」と聞き返した。

「こんなクリスマス、初めて！　いつも家で、ひとりのクリスマスだったから」

「そっか」

桧山は優しいまなざしで、私をじっと見つめた。

「蒼井……中学受験するなら、しろよ」

「――え？」

心臓が飛びはねた。どうしていま、そんなことを言うの、桧山……？

「オレ、お前を縛りたくない」

「…………」

びっくりして、私は声も出せなかった。

桧山の口もとに気をとられていたら、私の手元がおろそかになった。溶けかけたソフトクリームがワッフルコーンの中からすべって、地面に半分ぽとりと落ちる。

「あ。なんか拭くもの、もらってくる！」

さっと立ち上がった桧山は、逃げるように売店のほうへ走っていってしまった。

──どうして……？

中学受験やめたらって、言ってくれないの？

同じ中学に行けなくても、桧山はかまわないんだろうか。

はるか先に見える背中がそのまま、これからの私と桧山の距離になってしまうような気がして、すごく胸が苦しくなる。

「ずっと一緒って、桧山も思ってたんじゃないの……？」

それとも私の気持ちだけ、空回りしてたのかな？

……⧓……⧓……⧓……

私と桧山が遊園地でデートしていた、その同じころ。

女の子にモテまくるタイプの三上稲葉くんは、いまは特定の彼女こそいないけれど、クリスマス・イブもそれなりに忙しかった。

「稲葉くんとクリスマスパーティーできるなんて、めっちゃうれしい！」

「みんな、ありがと」

数人の女子に取り囲まれて道を歩いていると、女の子のひとりが、アッと声をあげた。

ちょうどすれ違ったかわいい女の子を、振り返りざまにそっと指さす。

「あの子、ピアノ教室が一緒なの。ちょっと待ってて」

女の子はしばらく立ち話をして、すぐに戻ってきた。

「なんか、ひとりで買い物してたみたい」

「ふーん……名前は？」

「えっと、浜名心愛ちゃん」

稲葉くんは、道路の向かい側に立つ心愛ちゃんを、じっくり観察した。

――つんとすまして、自分がかわいいってことをよく知っている子だ。

気が強そうだけど、本当のところはどうなんだろう。

こんな日に、めいっぱいオシャレして出かけているのに、友だちとパーティーというでもなく、彼氏とデートというわけでもない。なんだか……印象がちぐはぐだ。

稲葉くんはつかつかと、心愛ちゃんのところへ歩いていった。

「……なぁに？」

「きみも、クリスマスパーティー、おいでよ」

稲葉くんが極上スマイルで話しかけると、心愛ちゃんも負けじとかわいく笑った。

「あら、ひとりだからって心配してくれたの？　やだぁ！　家に帰ればパパとママが心愛のために有名シェフのディナーを――」

「違うよ」

心愛ちゃんの言葉をさえぎって、稲葉くんはウィンクをしてみせた。

「きみが来てくれたら……オレ、うれしいな。ね？　お・ね・が・い☆」

すると心愛ちゃんは、パッと頬を赤らめた。

「そ、そこまで言うなら行ってあげてもいいわよ？　どーしてもって言われたら、しょうがないものね～！」

つんとすましたまま、心愛ちゃんは稲葉くんの取り巻きの列に加わった。

稲葉くんの信条は「博愛」だ。女の子には、まんべんなく愛を与える主義だ。

「ひとりぼっちのクリスマスは、さみしいもんな」

同情されているとは夢にも思わない心愛ちゃんは、稲葉くんと目が合うと、まんざらでもなさそうに、ウフフ……と笑った。

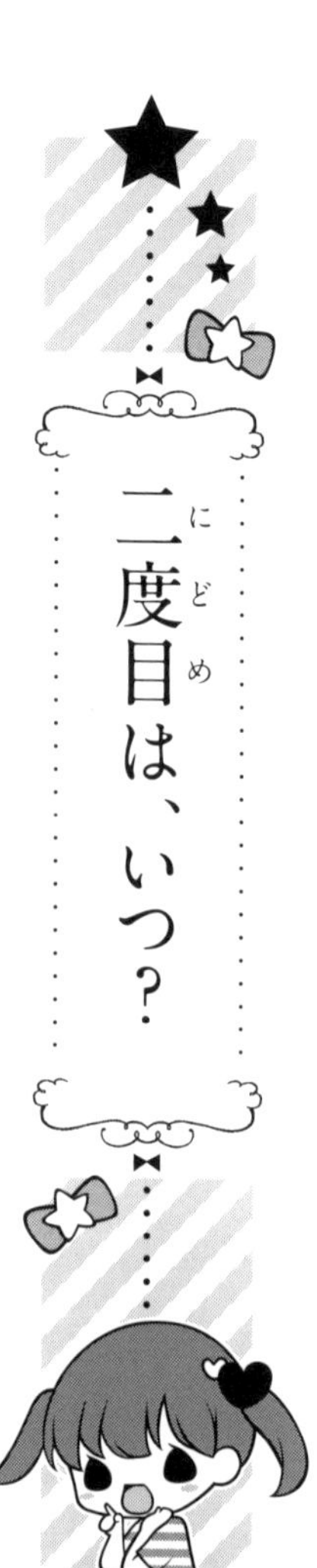

二度目は、いつ？

私――綾瀬花日は、ショッピングモールのカフェで、高尾にもらったプレゼントの小箱をそっと開けた。

「やったー！　うさぱんだサンタバージョン！」

限定版のヘアアクセだ。ツインテールの私のために、高尾がふたつ買ってくれた。

「つけてもいい!?」

「どうぞ」

私はつけていた髪ゴムをはずして、うさぱんだに替えようとした。

「あれ？　あれれ？」

でも、うまくできない。指にゴムが食い込んで、からまってしまいそう。

「待って。動かないで」

私の手からうさぱんだを取りあげた高尾は、くるくると器用に髪をくってくれた。

吐息が頬にかかる。すごく距離が近い。もう少しくっついたら、キスしてしまいそう。

こんなに近いと、高尾にドキドキが伝わっちゃうよ……！

「はい。できた」

そう言ってにっこり笑った高尾のそばには、私があげたマフラーがあった。

「じゃ、じゃあ私も……巻いてあげる！」

わたわたと高尾の首にマフラーを巻いていたら、バランスを崩して転びそうになる。

「綾瀬！」

倒れかけた私の体を、高尾が抱きとめるように支えてくれた。

とっさにつぶった目をそっと開くと、高尾の顔が私の顔すれすれの位置にあった。

真剣な高尾の瞳に、吸いこまれそうになる。

「……綾瀬……」

私の唇すれすれに、高尾がささやいてくる。

――ど、どうしよう。これって、もしかして！

約束の二度目のキス？　うん、きっとそうだ……と、思ったのに。

「あ。あっちにクレープがあったよ。食べよう？」

そう言うと、高尾は腕の中からあっさり私を解放してしまった。

ショック……もしかして高尾、私とキス、したくないのかな？


クレープ屋さんを目ざして、私たちはショッピングモールの屋上庭園に来ていた。

手には買ったクレープ。頬についたクリームを、高尾が指先でふきとってくれた。

こんなことでも、私はすごくドキドキしてるのに……高尾はキスの約束なんて、すっかり忘れてしまったみたい。

――ううん、違う。高尾は頭がいいから、約束をうっかり忘れたりなんかしない。

でも、じゃあ……どうして？

そこでいきなり、私の脳内会議が始まった。

ちび花日A「やっぱ、自分で髪もむすべない子は、高尾もキライなんじゃない？」
ちび花日B「クレープのクリームほっぺにつけちゃったりとか、子どもっぽいよね」
ちび花日C「彼女っていうか、妹にしか見えなくなっちゃったとか？」
ちび花日D「あるある〜。そういうこと考えると、結論は……」
ちび花日A・B・C・D「二度目のキスは、もうないかも！」

——うう……っ！　そんなのヤダぁ——!!

私はクレープを持ったまま、コートの袖口でにじんだ涙をぬぐった。

そのとき、隣でごろんと寝転んでいた高尾が、私の涙に気づいてしまった。

「……綾瀬？」

私はとっさに顔をそむけた。すると高尾は、いきなり自分の目元を手で隠した。

「ごめん！」

――え……？　なんで急に謝るの？

すると高尾は、ばつが悪そうに顔を赤らめた。

「その、約束した……二度目は」

「い、いやその！　それは――」

「覚えてるよ」

高尾はまっすぐ、私を見た。

「さっきもイヤだったわけじゃなくて……ほら、綾瀬。理想のキスがあるんだろ？」

なんのこと？　私が首をかしげていたら、高尾が少しすねたように言った。

「デートの帰りに、手を引っぱられて強引に……みたいな？」

きゃー!!　そんなの、なんで覚えてるの？　それって一学期の最初に、恋愛なんかぜんぜんわかってない私が、その場のノリでふざけて言った言葉だよね!?

「やっ！　いや！　アレは――」

「でも最初のキスは、理想とぜんぜん、ちがっただろ？　だから二度目はオレ、ちゃんとしたいんだ。完璧じゃなくても綾瀬の理想、かなえたい」

「高尾……」

そんなこと、ずっと考えていてくれてたの？

「あー……オレ、なに言ってんだろ。ごめん！　さっきもいきなりすぎて、彼氏としてダメなことしちゃったね……」

夕陽のせいだけじゃなく、高尾の顔は赤く染まっていた。

いつも冷静で誰よりもオトナなのに。もしかして高尾、照れてるの？

投げ出した高尾の手の上に、私はそっと自分の手を重ねた。

「綾瀬……？」

「そんなことない。ダメじゃないよ、ぜんぜん。だって……彼氏だから、でしょ？」

うれしくて、自然と笑みがこぼれてしまう。なぜかいまは、高尾がすごくかわいく思えた。

照れる高尾も、すねる高尾も、あわてて変なことしちゃう高尾も、大スキだから。

ずっと一緒

遊園地からの帰り道。私――蒼井結衣は、そっとため息をついた。

デートが楽しすぎて、ひとりで家に帰るのがゆううつになる。

そんな私の気持ちを見すかしたみたいに、わかれ道で桧山が私に言った。

「なあ。オレんちでメシ、食っていかね？　母さんがクリスマス料理、作ってるからさ」

「え……？」

びっくりする私に、桧山は勢いこんで続けた。

「そっち、今日も父ちゃん遅いって、さっき言ってただろ？」

「それは、そうなんだけど……。でも家族のクリスマスに私がいたら、邪魔じゃない？」

「は？　いいから来いって。行くぞ！」

強引な口調に圧倒されながら、私は先をゆく桧山の影を追いかけた。


通された桧山の部屋で、私はなんだか落ち着かなかった。

「ね、お母さんのお手伝い、何かしなきゃ！」

そわそわと立ち上がると、桧山にホットカーペットの上に座り直させられてしまう。

「いいよ。なんか母さん、サプライズでお前をビックリさせたいとか言ってるから」

「えっ!?　っていうかそれ、言っちゃったらサプライズにならなくない？」

私のツッコミにハッとした桧山は、照れ隠しにむくれながら部屋のドアを開けた。

「いーんだよ！　飲み物とってくるから、ちょっとここで待ってろ」

桧山が出ていってしまってから、私は改めて部屋の中を見回した。

置かれている小物も、使われている布地も、私の部屋とはぜんぜんちがう。いかにも男の子の部屋って感じがした。

背中をあずけていたベッドの端に、そっと頭を寄せると桧山のにおいがした。

――この部屋には、いろんな桧山がいる気がして……なんだろう、落ち着く。

暖かい空気に眠気をさそわれて、私はそのまま、うとうととしてしまったみたいだった。

次にふっと目がさめたとき、私の体にはふわふわの毛布がかけられていた。

そして、すぐそばから桧山のささやくような声が聞こえてきた。

「……蒼井。オレ、本当は……中学が離れたら、さみしい」

ドキッとした。桧山、私が寝てると思ってるんだ……。

そのあとの言葉も聞きたくて、私はあわてて寝たふりをつづけた。

「携帯、持ったってさ。メールや電話じゃどうにもならないこと、増えるかもしれねー」

でも、と桧山は一度、言葉を切った。

「オレは……お前を、守るから」

桧山が見てる。寝たふりをした私の頬に、髪に。桧山の優しいまなざしが、光の粉みたいに降りかかってくるのを感じた。

「はなれても、そばにいる。……わけわかんないかもしれねーけど、お前が泣いたら、オレが一番に駆けつけるから。オレ、本気でそう思ってる」

桧山の気配が、顔のすぐそばまできた。息が私の頬にかかる。

うれしくて、切なくて。泣きそうになるのを必死でこらえていたら、桧山のささやきが耳のすぐそばで聞こえた。


「……蒼井、スキだ」


がまんできずに、私は目を開いた。桧山がぎょっと顔を上げる。

「おっ、お……まえ、起きてたのかよ⁉」

その頬がみるみる赤くなる。私は桧山の名前を呼んで、全力で抱きついた。

「ありがとう！　スキ……大スキ……っ」

「蒼井……」

おずおずと、桧山の手が私の頭をなでた。それから両腕が背中に回ってきて……。

「一翔ー！　結衣ちゃーん！　ご飯できたわよ――!!」

すごいタイミングで、桧山のお母さんの声が聞こえた。

バネじかけの人形みたいに跳ね飛ぶと、私たちはパッとはなれて座り直す。

「はーい」と同時にいい子の返事をしながら、私たちは共犯者みたいな顔で笑った。


桧山のお母さんが作ってくれたごちそうは、すごくかわいいキャラ寿司だった。

ころころの手まり寿司に具材で飾りがついていて、おひなさまみたいになっている。

「がんばっちゃった！　ほら、見て。結衣ちゃんと一翔」

「すごーい！　ありがとうございます！」

「どういたしまして。あ、飲み物、取ってくるわね」

お母さんが台所へ行ってしまっても、私は食べるのがもったいなくて、ニコニコしながらお寿司を眺めていた。すると、窓際に立った桧山が、急に大きな声をあげた。

「おい！　蒼井、見ろよ！」

クリスマスケーキを片手に、桧山がカーテンを開けた。その窓のずっと奥には、夜の闇が広がっている……と、思ったら。

ちょうどケーキの真上あたりに、光がしゅるしゅると集まってきた。

ツリーだ！　ひときわ大きいクリスマスツリーが、ケーキの上にのって光っている。

「わぁ……きれーい……」

「あの公園、ちょうどライトアップの時間なんだよ。なんかすごくね？　お前にやる！」

ケーキの上で光るツリーごと、桧山は私にしあわせをくれる。

私の心を照らすのはいつも、おひさまみたいな桧山の存在なんだよ。

「……私ね、こんな素敵なクリスマス、初めて」

そっか、と桧山はうれしそうに鼻の下をこすった。それから力強く言う。

「これからずっと、来年も再来年も、一緒だから」

私は泣きそうになりながら、その言葉に何度もうなずき返した。


蒼井結衣、12歳。

桧山と、ずっとこの先も……同じ道を、一緒に歩いていきたいです。

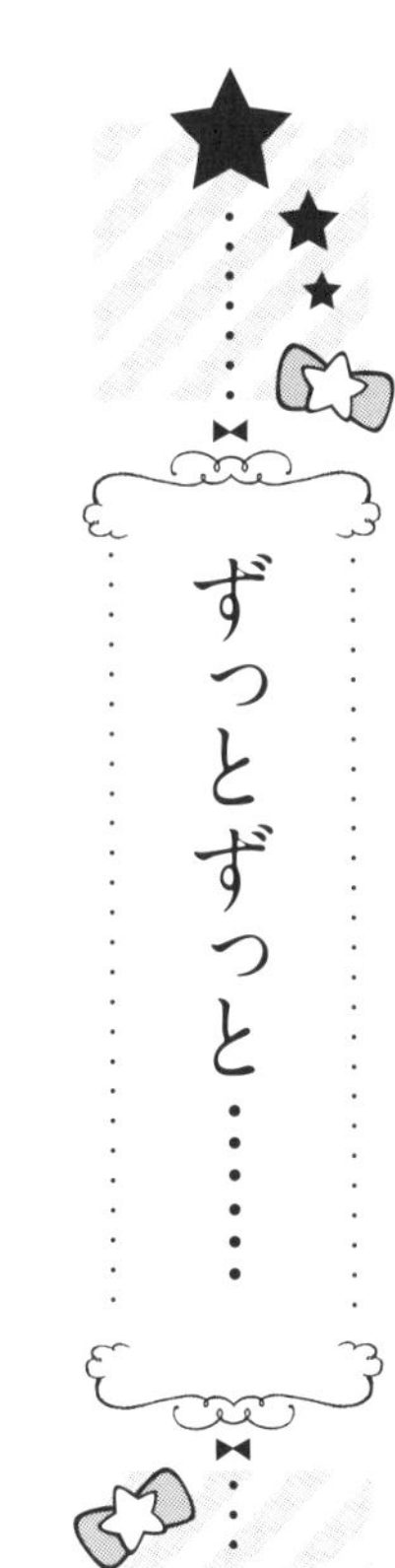

ずっとずっと……

ショッピングモールを出た私――綾瀬花日は、高尾の提案で、中心地から少しはなれた公園へ向かうことにした。

「楽しい時間は、あっという間だね」

高尾の言葉に、私はクスクスと笑ってしまう。

「どうしたの？」

「高尾も私と一緒にいて、ドキドキすることがあるんだね！　ふふふ……うれしい！」

すると高尾は、「そんなの当たり前だよ」と私の目をのぞきこんだ。

「だってオレ、綾瀬のこと好きだし」

「えっ⁉　いやっ、そ、そんなー！」

照れまくる私に、高尾は目を細めた。

「そうやって、コロコロ表情が変わるのがスキ。それから……いつも明るくて、前向きなところがスキ。あと、給食の量が少ないと、ちょっとムーッとするところもスキ、かな？」

「えーっ！　私、そんな顔してないよ！」

私の抗議をあっさり封じて、高尾は「あとは……」と言葉をつづけた。

「誰かのために、一生懸命になれる。そんな綾瀬が……スキだよ」

ど、どうしよう……高尾にスキって言われすぎて、頭がパンクしちゃいそう。

私は手のひらで、赤くなった顔をパタパタとあおいだ。

夜の闇が濃くなって、公園の木々が色とりどりに光っている。

その間を歩きながら、私はぽつりぽつりと高尾に言った。

「……結衣ちゃんがね、桧山に呼んでもらって、自分の名前が大スキになったって言ってたの。私も同じ。高尾と付き合って、今まで知らなかった、自分のいろんなところを知ったよ。高尾がスキって言ってくれるから、私は、私のことがもっと大好きになった」

恋を知るまで、自分の中にこんな感情が詰まってるなんて、知らなかった。

高尾がスキで、心がポカポカしてくること。

高尾が信じてくれるだけで、どこまでも強くなれること。

ぜんぶ全部……高尾がいてくれたから。

「高尾とカレカノになれて……綾瀬花日は、しあわせです」

私はそっと目を伏せて、高尾の大きな手にふれた。

ふたりの指先がからんで、そこからじんわりと熱が生まれてくる。

——と、そのとき。

公園の灯りが、一斉に消えた。

真っ暗闇に驚いていると、中央のひときわ大きい木の根元に突然、光がはじけた。

まばゆい光はくるくると、らせんを描いて空へのぼる。

「うわぁ……！」

気がつけば目の前に、大きなクリスマスツリーが輝いていた。

「今日だけ、特別なライトアップをしてるんだよ」

キラキラ光るツリーに見とれていたら、つないでいた手を、そっと引っぱられた。

「……花日……」

ささやきが、闇に落ちる。

――えっ？　今、花日……って……。

それを確かめる間もなく高尾の唇が近づいてきて、私は思わず目を閉じた。

同時にツリーの後ろから、冬の澄んだ夜空へ、花火がいっせいに打ち上げられた。

閉じたまぶたの上に、いくつもの光が踊る。つないだ手と唇だけが、燃えているみたいに熱くて……。

高尾との二度目のキスは、ずっとずっと……忘れられないものになりました。


打ち上げ花火の間だけ消灯していた公園の、ライトアップが再開された。

「ね、高尾！　いま、花日……って、呼んでくれたよね？」

私の質問に、高尾はいたずらっぽい表情をうかべた。

「ああ。きれいだったよね、ハナビ」

えっ？　花日じゃなくて花火なの⁉　それって、夏の花火大会と同じパターン……。

「もー！　またからかって——!!」

あははは、と高尾が笑う。私はぷうっと頬をふくらませた。

「高尾の意地悪！　でも…………大スキ」


きっとオトナから見たら、まだまだ子どもの恋、だけど……。

綾瀬花日、12歳。

この恋を、ずっとずっと……大切にします！


【おわり】

Shogakukan Junior Bunko 

★小学館ジュニア文庫★

12歳。アニメノベライズ〜ちっちゃなムネのトキメキ〜⑧

2017年1月30日　初版第1刷発行

著者／綾野はるる
原作／まいた菜穂

発行人／細川祐司
編集人／筒井清一
編集／藤谷小江子

発行所／株式会社　小学館
〒101-8001　東京都千代田区一ツ橋2－3－1
電話　編集　03-3230-5613
販売　03-5281-3555

印刷・製本／中央精版印刷株式会社

デザイン／西野紗彩＋ベイブリッジスタジオ

Printed in Japan　ISBN 978-4-09-231136-7